KB119591

# 읽는 생활

# 읽는 생활

임진아 에세이

위즈덤하우스

책을 만드는 일을 하면서,

책을 보며 쉽니다.

## 접어둔 페이지



## 둥그런 책벌레



## 마음의 절취선

## 책으로 스트레칭



## 어제의 마음과 내일의 생각

# 접어둔 페이지

## 여름방학 속독 교실

속독이라는 말은 초등학교 5학년 여름방학 때 처음 들었다. 별달리 할 일이 없어서 옆 동네에 사는 사촌 언니네 집에 놀러 갔더니 언니는 나갈 채비를 하고 있었다.

“속독 수업이 있는 날이라 학교에 가야 해. 같이 갈래?”

할 일이 없어도 일단 만나는 게 우리였다. 만나면 우리의 오늘이 생겼더랬다. 오늘은 언니네 학교에 따라가면 되는 모양이라고 생각하며 가벼운 차림으로 언니를 따라나섰다.

그 무렵 우리 사이에는 전과 다른 공기가 감돌기 시작했다. ‘우리는 이제 전과 다른 어린이가 되었으니까’라는 공기. 직전에 우리는 각자의 집이 기우는 장면을 보았다. 언니는 숲을 닮은 아름다운 정원이 있는 2층 단독주택에서 보통의 빌라로, 나는 많은 이웃과 어울려 사는 단란한 가정에서 웃음소리를 내면 안 되는 무표정의 가정으로. 우리는 그렇게 5학년과 6학년이 되어 각자의 여름방학을 맞이하던 중이었다.

"언니, 근데 속독이 뭐야?"

"책 빨리 읽는 거."

언니와의 대화는 언젠가부터 말줄임표로 끝이 나곤 했다. 언니를 따라가면서도 어째선지 언니의 뒤에 서 있는 기분이 들었다. 그런 순간마다 나는 언니와의 거리를 전과 다르게 느꼈다.

언니네 집은 동네에서 가장 큰 집이었고, 언니의 방은 내가 아는 방 중 가장 근사한 방이었다. 동네에서 제일 크고 멋진 집의 2층에 올라가면 언니의 방이 동화책의 한 페이지처럼 펼쳐졌다. 우리는 주로 2층의 거실에서 놀았다. 유리로 된 통창으로 모과나무가 보였고, 천장의 나무 문을 열면 하늘이 보였다. 그 시절에는 내가 살던 집도 충분히 좋아할 만한 세계였기에 딱히 비교를 하진 않았다. 모든 장면을 기분 좋게 받아들일 수 있는 나이였고, 그럴 수 있는 공기였다. 나의 지붕 아래에서 느끼던 평온함이 사촌 언니네 집까지 부드럽게 가지를 뻗고 있었고, 그 큰 나무 아래에서 나는 부지런히 자라났다.

그런데 안전하고 풍족하던 나무 마을은 밑동이 잘리듯 사라졌다. 그 모든 것을 가장 선명하게 기억하는 때였지만, 누구도 그것을 입 밖으로 꺼내지 않았다. 하물며 그 집에 살던 언니가 제일 애써 함구했기에 쉽게 추억할 수 없었다. 나는 놀러 갈 집이 없어진 것뿐이었지만, 언니는 당연했던 집을 잃게 되었다.

속독 교실에서의 내 존재는 당연히 불청객에 가까웠다. 속독이 무얼 뜻하는지도 모르거니와, 모두가 가지고 있던 공통의 책도 없었다. 빈자리에 앉아서 실시간으로 속독의 행위를 관찰하는 사람이 되었다. 모든 게 이상했다. 한낮의 조용한 학교에 교실 하나에만 아이들이 꽉 들어차 있는 것도 이상했고, 모두가 같은 책을 펼쳐놓고 누가 먼저 뒷장을 만나는지를 겨루는 모습도 이상했다. 내 옆에 앉은 언니도 전에 없던 기세로 빠르게 책을 넘기고 있었다. 이렇게 빠른 언니는 처음 봐. 매미가 우는 뜨겁고 맑은 낮, 마치 이 순간만 빠르게 감기를 하는 것 같았다.

속독 시간이 끝나고 책의 내용을 나누는 시간이 되었다. 담당 선생님이 학생들에게 책 내용을 물었더니 대부분은 잠자코 있었고 몇 명만 손을 들었다. 가장 먼저 손을 든 아이가 호명 당했다. 마치 기다렸다는 듯 손을 번쩍 든 남자아이는 신이 나서 책 내용을 말하기 시작했다. 자신 있게 말하는 책의 내용이 어찌나 구체적인지, 내 눈은 놀라움에 찼다가 점점 세모눈이 되어 의심을 하기 시작했다.

'재 분명 어제 읽고 왔을 거야. 수업 끝나면 언니한테 물어봐야지.'

속독이란 건 그냥 하나의 쇼인가? 김이 빠진 나는 모두가 빨리 움직이는 수업 시간이 지루해서 조용히 교실을 빠져나와 비어 있는 실기 실습실에 들어갔다. 넘길 책이 없어서 지루한 게 아니라, 소모적인 장면에 지친 기분이었다. 실습실은 아주 조용했지만 스테인리스로 된 책상 때문에 밝았다. 싱크대가 딸린 차갑고 큰 책상에 앉아 가방에 넣어온 다이어리를 꺼내 스티커 순서를 바꿔 끼우며 나머지 시간을 보냈다.

수업을 마친 언니와 학교를 나서며 물었다.

"언니, 아까 걔 말이야. 책 읽고 온 거지? 책을 안 보고 넘기는데 내용을 어떻게 다 알아?"

"그게, 넘기면 알게 돼."

언니도 어제 책을 읽고 온 걸까? 묻진 못했다.

"언니, 근데 왜 책을 빨리 읽는 거야? 왜 빨리 읽어야 하는 거야?"

"그냥 줄거리 정도만 알면 되는 거니까."

그렇게 다시 언니의 집으로 돌아가 우린 어떤 놀이를 하다가 헤어졌을까. 줄거리만을 빠르게 알아내야 하는 독서법을, 언니는 꼭 배워야 했던 걸까.

돌이켜보면 언니와 매일 만나 웃던 아주 짧은 시절이야말로, 누군가가 속독으로 빠르게 넘겨서 줄거리만 남게 된 이야기 같다. 정말 그럴지도 모르겠다. 그 시절에는 놀다 보면 금세 어두워졌고, 어느덧 저녁이 가까워져서 이제 나의 집으로 돌아가야 하는 시간이 매번 빠르게 찾아왔다. 그럼 한 시간만 더 놀라는 할머니의 말에 우리는 같은 말로 소리쳤다. "우리한테 한 시간은 1분이란 말이에요!" 그런 외침이 있던 우리의 시간은 아주 짧게 반짝였고, 이제는 기억의 구석에 놓였다.

나이가 들며 책을 가까이하고 있는 나에게는 지금의 나에게 맞는 속독법이 생겼다. 부엌 식탁에 앉아서 하는 독서다. 이를테면 카레를 끓이면서 하는 독서는 나를 번번이 일어나게 만든다. 계속 저어주거나 들여다보는 과정이 필요한 요리에는, 나라는 존재가 하나의 도구처럼 놓여 있어야 한다. 끓고 있는 카레를 휘휘 저어주고 다시 앉아 책을 펼치면 부스터를 단 듯 속도를 내게 된다. 모든 글자를 빠짐없이 보면서도 최대한 빠르게 읽기. 한 페이지에 마련된 분위기를 절대 놓치지 않고서 다음 페이지로 재빠르게 달려가기. 이것이 나에게는 최대의 속도로 하는 독서다.

언니는 요즘도 속독을 할까. 어떤 책을 읽곤 할까. 언니의 하루에 책이 놓여 있긴 할까. 알록달록한 동화책이 가득하던 방을 잃고 나서 혹여라도 언니의 책장이 영영 사라진 건 아닐까. 다시 한 번 언니의 예쁜 방에 있던 책장을 구경할 수 있다면 얼마나 좋을까. 어른의 모습으로 언니의 옛 책장 앞에서 좁디좁게 함께 앉아 있을 수 있다면. 괜히 내 일상의 속독법을 언니에게 떠들고 싶다. "언니, 나는 카레를 만들 때면 꼭 속독한다?" 하고. 내 한 시절 가장 밝던 "언니"라는 말풍선. 그 말풍선이 그려질 칸이 더는 없다.

## 혼자가 되면 리코더를 부는 어른

방과 후의 복도는 조금 전과는 전혀 다른 통로가 된다. 그것을 확연히 느낀 날이 있었다. 초등학교 방과 후 수업으로 다른 교실에 남아 한자 공부를 해야만 했다. 학교는 그때만 되면 마치 볼륨을 줄여둔 것처럼 잠잠했다. 복도를 걷는 속도 또한 모두 함께 느려지는 시간이었다. 내 기분 또한 똑같았다.

한자 수업 도중에 화장실에 가기를 좋아했다. 조용히 일어나 교실 뒷문을 열고 나가도 상관없었고, 평소보다 더 길게 다녀와도 아무도 날 찾지 않았다. 나는 화장실 시간을 아무래도 괜찮은 시간으로 썼고, 교실 문을 빠져나와 곧장 화장실로 가지 않고 쉬고 있는 학교를 구경했다. 아무도 없는 낯선 교실들을 지나고, 부드러운 계단 손잡이를 문질거리면서, 지금까지 이 계단을 지나간 이들의 왁자지껄함을 상상해보는 시간을 조용히 즐겼다.

그날도 화장실에 가려고 한자 수업에서 빠져나와 모르는 복도를 걷고 있었다. 희미하게 리코더 소리가 들렸다. 어디에서 누가 내는 소리인지 쉽게 예상할 수 있었다. 오빠의 몇 해 전 담임 선생님이 확실했다. 가뜩이나 아직 좁은 세상을 살던 시절이었고, 학교에서 리코더라는 단어에 딱 들어맞는 단 한 사람이었다. 게다가 오빠는 몇 번이나 선생님의 리코더 소리를 자랑하듯 말해주곤 했다.

나에게 리코더라는 건 언제나 책상을 굴러다니거나 혹은 책상 뒤로 손을 뻗으면 바로 찾을 수 있고, 누구라도 일단 소리는 낼 수 있어서 다들 비슷하게 불 줄 아는 악기였다. 쉬워서 금방 친해질 수 있는, 하지만 아는 노래 몇 곡을 불면 더는 연주할 게 없어서 금방 책상 위로 돌려놓게 되는 악기. 리코더 시험을 보기 전날에야 다시 책상 뒤로 손을 더듬거리게 되는, 그냥 학교 준비물일 뿐이었다. 하지만 오빠의 세상에서 리코더는 그렇지 않았다. 오빠는 리코더를 부는 선생님을 이렇게 표현했다.

"우리나라 대표 선수이셔. 리코더 국가대표라고 할 수 있는 거야."

오빠가 호들갑 떨던 바로 그 소리라는 걸 단번에 알 수 있었다. 분명 리코더 소리였지만, 내가 아는 리코더 소리가 아니었기 때문이다. 나는 소리를 따라서 평소보다 빠르게 걸었다. 학교의 한철 주인들이 떠나 비어 있는 복도 위를 늘어진 꼬리처럼 희미하게 흐르는 리코더 소리에 귀를 기울이며 걷다 보니 어느덧 연주가 가까워졌다. 나도 모르게 내가 내는 소음을 신경 쓰며 살금살금 다가갔다. 빈 교실, 하지만 오후에 내린 진한 햇빛이 꽉 들어찬 시간이었다.

역시나 오빠만의 리코더 대표 선수 선생님이 교실 앞 창가의 교무 책상에서 리코더를 불고 있었다. 리코더 연주 소리는 분명한 아름다움을 전해주었다. 소리가 어디까지고 닿을 수 있을 듯이 크고 풍성했다. 훌륭한 리코더 연주란 입으로 불고 있지만 입으로 부는 줄 모르겠는 소리를 내는 게 아닐까. 음악 시간에 교실 앞에서 나 혼자 불던 리코더 소리가 잠깐씩 나타나는 검은색 직선이라면, 선생님의 리코더 소리는 동그랗게 나부끼는 하얀 커튼 같았다. 좋은 연주는 그 공간을 과분하게 채우는 것이라는 걸 알게 된 날이었다.

어쩌면 조금 일찍 경험하게 된 아름다움이었을까. 방과 후 수업을 듣게 된 이유가 하교하면 빈집에 돌아가야 하는 아이였기 때문이거나, 또래 아이들보다 부족한 아이였기 때문이거나, 이 둘 중 하나일 거라고 확신했기에 유쾌하지만은 않았다. 지난 과거에는 집안 형편이 좋지 않은 아이를 보호하는 데에 있어서 많이 서툴렀다. 그 서투른 보호 아래 어째 마음 안에 색다른 어둠만을 키우는 어린 시절을 보내야 했다. 하지만 리코더 연주는 그런 처지였기 때문에 만난 장면이었고, 나는 그만 지금이 좋아져버린 어린이가 되어 있었다. 왠지 뒤늦게 낄낄 웃고 싶어지기도 했다. 공감의 기쁨이었다. 한철이 지난 공감을, 이제는 중학교에 올라가 다른 동네에 있을 오빠에게 던졌다. '오빠, 이건 확실히 국가대표 소리다'라고.

지금도 리코더라는 단어를 들으면 늦은 오후의 낯선 교실 앞에 도착한다. 교실 앞문에 홀로 서 있던 아이가 된다. 여전히 그 리코더 소리를 선명하게 불러올 수 있는 건, 그날 받은 감동이 꽤 컸기 때문일 테다. 좋은 기억을 떠올리는 건 그 기억을 조금씩 사용하는 일이기도 해서 점점 흐려진다고 생각하는데, 지금까지 그 짧은 장면이 선명하게 떠오르는 건 왜일까. 노란 햇빛이 꽉 차게 내리던 때 들은 좋은 연주였기 때문만은 아닐 것이다. 리코더라는 아는 악기에서 출발한 감동이기에 어린 나에게도 금방 닿을 수 있었던 게 아닐까.

그날 나는 집으로 돌아가자마자 책상 밑에 쭈그리고 들어가 리코더를 더듬더듬 찾았는지도 모른다. 그리고 책상 밑에서 채 나오기도 전에 곧장 입을 대고 불어봤는지도 모른다.

그날부터 나는 리코더를 좋아하게 되었다. 아직은 어린이인 지금부터 리코더를 가까이한다면, 선생님과 비슷한 나이가 되었을 때 어쩌면 비슷한 소리를 낼지도 모른다. 이런 생각은 어린 나에게는 모처럼 재밌는 꿈이었다.

이십 대가 되고 나서도 나는 여전히 책상 뒤에서 리코더를 꺼내어 홀로 불곤 했다. 아무도 없는 방이라도 악기를 연주하면, 나에게서 출발한 소리와 함께 있게 된다는 걸 알게 된 시기였다. 그렇게 기타를 배우고, 곡을 만들면서 조금씩 나만 아는 내가 되기로 결심했는지도 모른다. 떠오르는 가사를 적고, 거기에 잘 붙는 멜로디를 만들어 밤마다 홀로 불렀다. 나에게서 흘러나온 것들이 내 방에 그대로 깔려 있던, 사실은 아직은 어떤 내가 되고 싶은지 모르던 밤.

그리고 지금의 나에게, 또 다른 의미로 리코더 소리가 찾아온다. 선생님의 리코더 연주 같은 글이 쓰고 싶어졌다. 쉬워 보이는 것에서 느껴지는 특별한 온기는 가만히 있는 개인을 움직이게 한다. 내 글의 모양은 평범한 누군가의 마음처럼 아주 흔했으면 좋겠다. 잠깐씩 피어났다 사라지는 그 쉬운 마음을 분명히 다잡아 표현해낸다면, 어쩌면 선생님의 리코더 소리처럼 찰나의 아름다움이 가득한 글이 되지 않을까. 그리고 누군가가 나의 글을 읽고서 작은 나아짐을 겪고, 당신의 자리로 달려가 바닥에 굴러다니는 마음을 더듬어서 오늘의 마음을 괜히 기록해보기 시작하면 얼마나 좋을까.

선생님은 혼자가 되면 리코더를 부는 어른이었다. 나는 혼자가 되면 오늘에 대해 어떻게든 적어보는 어른이 되었는지도 모른다. 적기 어렵다면 그 마음과 가장 비슷한 노래 하나라도 꼭 찾아 트는 어른. 방금의 기분을 능숙하게 표현하는 사람이, 내일은 더 되어 있기를 바라면서 자꾸만 내 안을 들여다본다. 누군가가 내 이야기를 읽고는 "하여튼 우리나라 대표 선수야. 일기 따위의 글을 쓰는 걸로는 대표 선수라고 할 수 있는 거야"라고 말하는 모습을 상상해본다. 오빠와 나, 우리 둘만의 리코더 대표 선수가 있던 것처럼 몇 사람에게는 가능하지 않을까.

사소하지만 흔한 것부터 가까이 들여다보고 쓰는 일은 근사한 한 곡의 리코더 연주와도 같다. 지금을 능숙하게 표현하는 사람이 되고, 뒤늦게 떠올려봤을 때에도 분명히 그려지는 장면을 갖게 된다. 그렇게 몇 개의 아름다운 이야기가 우연한 척 찾아온다.

계속된다는 말은 반복된다는 말과 달라서, 계속되는 동안에 찾아오는 봄은 매번 다른 봄이다. 그렇지만 아름답다는 점에서는 또 같고, 이런 아름다움에는 면역이 되지 않으므로 어김없이 감탄할 수 있다는 것을 이제는 안다.

_윤이나, 『해피 엔딩 이후에도 우리는 산다』(한겨레출판, 2022) 중에서

예전에 접어둔 페이지를 찾아보며 그 당시 진지했던 내 마음들을 구경한다. 나를 귀여워한다.

# 새로운 밤의 플레이리스트

거리감이 중요한 시대가 되었다. 이렇게 될 줄 알았다는 양 미리 계획했다면 무얼 준비할 수 있었을까? 서둘러 아침에 떠나고, 전날보다 바쁜 낮을 살았을까. 그런 날들을 잃은 사람처럼 매일의 일력을 힘없이 뜯고 있는 요즘. 누군가는 여행을, 누군가는 환기를, 누군가는 활기를, 누군가는 접촉을, 또 누군가는 그저 반복되던 일상을 그리워하게 되었다.

멀어진 것들이 무얼까 세기도 어렵다. 손가락을 전부 사용할 필요가 없다는 생각이 들자 세려던 걸 포기했다. 그간 일상의 범위가 좁아졌다는 게 여실히 드러났다. 여행과, 음악.

음악과, 여행. 여기에서 생각이 멈추자 그간 공연을 보기 위해 여행을 다녔던 지난 나의 시간들이 떠오른다. 점심을 3시에 먹듯이, 뜬금없는 날에 떠날 수 있기에 가능했다. 떠나볼까 하는 마음이 들면 항공권이 아닌 좋아하는 음악가의 라이브 일정을 체크해보았고, 떠날 생각이 없더라도 놓칠 수 없는 라이브 소식이 떠오르걸랑 곧장 여행자가 되었다. 여러모로 떠날 자격은 없지만 후회하고 싶지 않다는 게 당시의 솔직한 마음이었다. 미래의 나에게 모든 일을 맡기고 떠난 여행과 공연으로 인해 채워진 것들이 나에게 남았고, 어느 부분은 이미 내가 되었을 테다. 이제는 지금의 나도, 미래의 나도 쉽사리 떠날 수가 없다. 여행을 가야 길도 헤매고, 무언가를 잘 모르는 상태에서도 씩씩하게 직진할 수 있을 텐데.

하지만 나는 여전히 같은 사람. 오늘의 좋은 점을 찾으려는 태도가 무의식에 자리 잡았는지 모르겠다. '그럼에도 불구하고'의 사전적인 의미가 "비록 사실은 그러하지만 그것과는 상관없이"가 아닌, "비록 사실은 그러하지만 그것과 상관있게"로 바뀐다면야 가능한 일이었다. 이제 세상에는 넓은 간격이 생겼고 당연한 것들을 당연히 못 하게 되었기에 "그럼에도 불구하고" 새롭게 생겨난 것들이 있다. 발산하고 싶은, 감상하고 싶은 마음. 만나고 싶은, 보고 싶은 마음. 다시 거기부터 시작해서 또렷하게 생겨난, 친숙하지만 전에 없던 장면들. 실은, 내가 찾아서 마주한 순간들이었다.

어느 늦은 밤, 좋아하는 밴드의 한 멤버가 유튜브 생중계를 시작했다. 집 안에서 열리는 작은 라이브였다. 작년 가을 결성 20주년 기념 공연을 봤고, 그전에도 여러 번 공연을 본 적이 있지만, 그의 집에서 하는 공연은 처음이었다. 게다가 카메라는 바닥에서 천장 위를 바라보는 시점. 어떤 공연장에서도 이런 좌석은 없었다.

그는 어두운 방에 작은 조명을 켜두고 편안한 복장으로 카메라 앞에 앉아 묵묵히 노래를 불렀다. 기타 하나만 슬며시 껴안고 부르는 노래와 잔잔한 멘트가 내 컴퓨터에서 흘러나오던 아직은 추운 날. 책이 가득해서 쏟아질 것 같은 책장 앞에 앉아 내가 좋아하는 노래를 부르는 그의 모습을 바라보며, 나는 그제서야 일전에 포기하듯 던진 연필을 다시금 잡기 위해 손을 더듬거렸는지도 모르겠다. 어떤 곡을 라이브로 부른다는 건 사실 곡의 민낯을 보여주는 것처럼 느껴진다. 무엇보다 이 노래를 처음 흥얼거렸을 음악가의 어떤 날을 괜히 상상해보게 되면서 감상의 폭이 확장된다. 내가 사는 마을에서 그가 사는 마을로. 내 방과 그의 방이, 유튜브 공연을 함께 보는 모든 이의 방이 환해진다. 조용히 흐르는 노래를 곁에 둔 모두가 아무도 모르게 이어진 밤이었다.

또 어느 밤의 나는 옥상으로 갔다. 좋아하는 또 다른 밴드가 옥상 라이브 영상을 게시한 날이었다. 해가 미처 지지 않은 저녁, 밤으로 다가가는 시간이었다. 걸어둔 조명들이 수줍게 반짝이고 있었다. 어둡게 핑크색이 된 하늘은 어디까지 뻥 뚫려 있는 걸까. 영상만 틀면 정말로 그 앞에 앉아 있는 것만 같아서, 다시금 여행의 기분이 들어서, 내가 없는 도시의 옥상 라이브를 몇 번이나 보았다. 마치 실제로 봤던 공연을 다시 보는 듯한 기분이 드는 건 왜일까. 조금 더 나이가 들었을 때 이 영상에 대해 떠들게 된다면, 마치 맨 앞줄에서 보던 사람처럼 종알거릴 것만 같았다. 공기가 어쩌고 날씨가 저쩌고, 돌아가던 길은 어땠냐면 하면서. 이렇게 너스레를 떨고 싶은 밤이 언젠가 정말로 찾아올 것만 같다. 슬프지만 재미있는 사실은, 실제 눈앞에서 벌어지는 라이브는 반복할 수 없지만 이런 식의 허풍은 무한히 반복할 수 있다는 점이다. 영상을 다시금 재생하기 위해 섬네일에 커서를 갖다 대자, 옥상의 바람이 휙 하고 불어온다. 코로나 시대 이후 모니터 속 영상으로 공연을 접하는 게 차츰 당연해졌고, 무한히 반복할 수 있는 밤이 지금에 맞는 방식으로 생겨났다.

어느 한밤중에 나는 '오늘 밤 라이브'라는 이름의 플레이리스트를 만들었다. 라이브 앨범이 있는 뮤지션을 찾아 오늘의 세트리스트(Setlist)를 꾸려보자는 생각으로 마음이 들끓었다. 현실에는 없는 공연인데도 며칠을 고민하면서 아는 곡을 듣고 또 들으며, 오로지 나에게 완벽한 세트리스트를 완성했다. 그렇게 총 51분짜리의 오늘 밤 가짜 라이브가 나에게 생겼다. 몇 해 전 낯선 도시의 공연장에서 찍었던 사진 한 장을 골라 플레이리스트의 대표 사진으로 설정을 해두니 모든 게 완벽했다. 그리고 누구나 들을 수 있도록 공유했다. 이런 메모와 함께.

"누군가의 노래를 바로 앞에서 듣는다는 게 꿈만 같아진 요즘이라 내가 듣기 위해 만든 플레이리스트입니다. 아마 같은 마음인 분들이 있을 것 같아서 공개를 합니다. 좋은 곡들이 이어지니 마치 오늘 밤 라이브를 보는 마음으로 들어주세요. 어떤 꿈같은 라이브보다 더 꿈같을 거예요."

라이브로 향하고 싶었던 이들이 천천히 모여들었다. 오고 나감이 보이지 않는 공연장의 문이 자주 들썩였다. 같은 공연을 다른 날, 다른 시간대에 보게 되는 시대. 매일 떠날 수 있는 공연장을 가까이 둔 것만 같아 더 이상 다음을 서두르지 않게 되었다. 그리고 그제서야 그리워졌다. 무엇을 그리워하면 좋을지 찾은 듯했다.

방금 부른 노래가 바로 내 귀에 와닿고 드나드는 사람들의 발자국 소리가 거칠게 들리던, 온갖 소리와 땀 냄새로 가득한 공연장으로 여행을 가던 시절이 돌아오면 좋겠지만, 한편으로 나는 이제야 생겨난 이 소통법이 실은 꽤나 편안한 사람일지도 모르겠다. 그저 좋아하는 것을 지금에 맞게 좋아하며 언제까지라도 조심히 지내고 싶다. 그리워할 것들을 기왕이면 누구보다도 뜨겁게 바라보면서.

전에는 있었지만 지금은 잃어버린 것을 무엇으로 채울 수 있을까. 지금을 지나면 무엇을 얻을 수 있을까. 우리는 어쩌면 분위기 부자가 되어 있지 않을까. 각자 망상의 능력이 팽창되어 있진 않을까. 어쩌면 '남의 마음을 그때그때 상황으로 미루어 알아내는 것'을 의미하는 눈치처럼, '가거나 겪지 않아도 경험상으로 미루어 알게 되는 것'을 뜻하는 신어가 생겨나지 않을까. 과거에는 당연했던 사치를 좋은 안주로 삼게 되지 않을까. 도착지 없이 그저 먼 길을 돌아가는 게 바로 인생이라고 생각하게 되지 않을까. 여행지의 낯선 길에서 신호가 긴 횡단보도를 만난 순간처럼, 목적지보다 무의식 상태로 서 있던 장소를 끝내 기억하게 되지 않을까.

코로나 시대가 시작되지 않고 그저 비슷한 날들이 이어졌다면 나는 몇 번의 여행을, 공연을 만났을까. 그때도 어김없이 후회하지 않을 마음을 택했을까. 이런 의문은 꼭 밤이 아닌 시간에 떠오르고, 음악가와 내가 꾸리는 가짜 시간에 몰두해 있는 동안에는 아무래도 상관이 없어진다. 그리운 것을 상상할 때의 방향은 과거보다 미래를 향하는 쪽이 기쁘니까.

이제는 지금이 당연하다. 오늘도 밤이 되면 가장 눈에 담고 싶었던 장면을 또렷하게 상상하면서 되도록 가짜에 가깝게 지낼 것이다. 지금이면 좋았을 것들을 떠올리는 일은, 언제라도 잘 지내고 싶은 마음이다. '그럼에도 불구하고'를 제멋대로 붙이면서.

## 울어도 되는 직업

세 번째 에세이집이 나온 후 서울 마포구에 있는 사적인서점에서 출간 기념 전시를 했다. 그리고 전시에서 평소 내가 좋아하는 세 권의 책을 누군가에게 추천을 하게 되었다. 한 사람의 지금의 이야기를 듣고, 거기에 필요한 마음을 처방하듯 책을 추천하는 게 사적인서점만의 고유한 프로그램이다. 전시 덕분에 책 처방을 간접 체험할 수 있었고, 언젠가 도움을 받았던 책을 누군가의 오늘에 건넬 수 있었다.

책을 고르는 건 어렵지 않았다. 내 책장을 오래 뒤적일 필요도 없이 제일 먼저 『직업으로서의 음악가』를 다시 펼쳤다.

"음악가를 직업으로 삼는 기분을 느껴보고 싶은 당신에게"라고 다수의 당신을 상정해두고, 책을 추천하는 이유와 책을 읽은 내 기분을 짧은 글로 적어두었다. 꼭 음악가라는 직업을 탐내본 적이 없더라도 지금과는 다른 일을 꿈꾸고 있는 사람에게 건네는 편지이기도 했다.

'지금 이 일이 정말 나에게 맞을까?' 일이 힘든 날이면 떠오르는 고민입니다. 이어지는 질문도 있지요. '직업을 바꾸기엔 너무 늦었을까?' 그리고 '만약 그때 그 일을 포기하지 않았더라면' 하는 후회도 들고요. 여러분은 어떤 직업에 미련이 남으시나요? 저는 무대에 오르는 일을 하고 싶던 적이 있습니다. 20대 초에 기타를 배워, 20대 중반에는 몇 곡을 만들었고, 또 무대에 섰던 날도 있었습니다. 어쩌면 그런 과정을 겪으며 알아차렸는지도 모릅니다. 하고 싶은 일과 할 수 있는 일은 너무나 다르다는 것을요. 저는 노래를 듣거나 노래를 부르며 울먹거릴 때가 많습니다. 공연을 보러 가서도 꼭 눈물을 흘리기 때문에 손수건은 필수입니다. 무대에 오르는 사람으로서는 영 꽝이지요. 그렇기에 혼자서 울 수 있는 직업을 택한 건지도 모릅니다. 고개를 숙여 그림을 그리고, 모니터를 마주보며 글을 쓰는 작은 책상이 저에게는 무대가 됩니다. 지금 하는 일이 쉽지만은 않지만, 어쩌면 지금의 성격에 딱 맞는 일이기에 지속하고 있는 건 아닐까요. 겪어볼 수 없는 음악가의 하루하루를 이 책으로 조금이나마 엿볼 수 있다는 것만으로도 저는 만족을 합니다. 그렇게 제 마음은 한결 가벼워졌습니다.

_어제의 나보다 오늘의 나를 더 닮고 싶은, 책처방사 임진아 드림

사실 다수라고 생각했던 '당신'은 우선 나였다. 이제는 음악가가 되고 싶은 마음이 요만큼도 남아 있지 않지만 대신 노래를 제대로 배워보고 싶다는 생각은 점점 커진다. 혼자 노래하는 건 여전히 좋아해서 나를 위해 잘 불러보고 싶다. 혼자일 때의 분위기를 여러 가지 모습으로 가꾸고 싶은 나이가 되었는지도 모르겠다.

기타를 치고 노래를 부르던 나를 좀 더 그렇게 하도록 내버려뒀다면 어땠을까. 노래를 만들고 싶어서 만들고, 부르고 싶어서 부르고, 기타를 치며 노래를 부르던 밤을 굉장히 즐겼던 날이 나에게도 있었다. 홀로 부르던 멜로디를 유일하게 기억하고 있을 기타는, 집을 나오며 두고 왔다. 두고 갈 거냐는 엄마의 말에 "버려도 괜찮아"라고 말했던 내 등을 떠올리자니, 참 멋대로에다가 무책임했구나 싶다. 내가 지내던 방에는 지난 시절 내가 남긴 자국들이 보기 나쁜 모습으로 고여 있겠지. 기타를 다시 잡게 되면 어떤 노래를 제일 먼저 부를까 가끔 궁금해져 내 손가락을 내려다보지만 이내 손이 뻣뻣하게

만 느껴진다.

노래를 부르는 일은 어쩌면 노래하는 나를 즐기지 말아야 하는 일일까. 그래야만 울지 않게 되는 걸까. 혼자 있으면 꼭 부르고 싶어지는 노래가 있다. 하지만 끝까지 부른 적은 없다. 코와 목에서 먼저 조짐이 느껴지다가 결국은 눈이 울어버리면서 엉망이 된다. 우느라 노래를 부르지 못해도 귓가의 노래는 계속 이어진다. 화면의 음악가는 끝까지 힘껏 노래를 부르고 있다. 그렇게 나머지의 노래는 내게 우는 시간이 되어준다. 혼자 앉아서 울 수 있는 계단이 생긴다.

나의 할머니는 노래를 잘하셨다. 어쩌면 할머니도 혼자가 되면 자주 노래를 불렀는지도 모르겠다. 할머니는 평소에는 절대 노래하지 않았지만, 친구들이 놀러 오면 속이 뻥 뚫리게 노래를 부르셨다. 할머니 방에서 할머니 친구들이 한 이불을 덮고 앉아 있으면, 할머니는 주인공처럼 큰 목소리로 노래를 불렀다. 고등학생이던 나는 내 방에서 그 목소리를 들으며 감탄할 뿐이었다. 노래를 잘하는 사람을 두고 꾀꼬리라고 부르는 그 진부한 표현이, 옥구슬이 굴러간다는 그 지루한 표현이 완벽히 들어맞는 순간이었다. 너무나 아름다운 구슬이 평평한 언덕을 데굴데굴 굴러가는 듯한 그 거침없는 맑은 기운이 내 방에까지 전해졌다.

부엌에 가는 길에 방 문 사이로 본 할머니는 처음 본 표정으로 밝게 웃고 있었다. 할머니가 음악가였다면 어땠을까. 마음에 쉽게 다다르는 매끄럽고 부드러운 목소리를 나만 들은 것을 아쉬워하며 할머니가 없는 이 세상에서 무대에 올랐을 할머니를 상상한다. 할머니를 다시 만날 수 있다면 어떤 대화보다도 일단 노래 한 곡 불러달라고 말하고 싶을 정도로, 나는 할머니가 노래하는 목소리를 너무나 사랑했다.

마음에 어떤 돌을 눌러놓아야 그런 목소리가 아무렇지도 않게 나올까. 지금의 나는 마음에 올려두는 돌의 무게를 노래할 때가 아닌 어떤 책을 만났을 때 느낀다. 어떤 책은 마음을 잡아주는 돌이 되어준다. 휘몰아치던 생각들을 그 순간 돌아다니지 않게 하는 책이 있다. 평소엔 낯선 매일매일을 새로 마주하느라 정신이 없어서, 그간 마음속에 어떤 바람이 불었는지, 어떤 고민들이 정리되지 않은 채 이리저리 나뒹굴고 있었는지 알아채기가 어렵다. 책을 펼쳐서 남의 이야기를 읽다 보면 그제서야 내가 보인다. 어떤 문장은 지금껏 결정하지 못했던 나의 문제에 대한 답이 되어주기도 한다. 이 얼마나 편협한 독서인가 싶으면서도, 사실은 뭐라도 좋으니 나의 생각에 끄덕여주길 바랐던 것 같아 내가 안쓰럽기도 하다. 또 이전과 비슷한 고민들로 마음이 뒤엉킨 어느 날이면 지난날에 힘을 받았던 같은 책에 손을 뻗게 된다. 지금의 마음을 눌러주길 바라면서.

엿보는 입장에 있다는 건 좋은 일인지도 모르겠다. 좋아하는 음악가의 공연을 보며 손수건으로 눈물을 닦거나, 나와 전혀 다른 성격의 주인공이 등장하는 소설을 읽으며 우느라 자꾸만 페이지를 느리게 넘기는 일은 얼마나 편한지. 어쩌면 그들 또한 한없이 울면서 쏟아낸 결과일지도 모르고, 그렇기에 우리는 기어코 뒤늦게라도 울게 되는 건지도 모른다. 『직업으로서의 음악가』의 리뷰에 쓴 말처럼, 겪어볼 수 없는 음악가의 하루하루를 책으로 조금이나마 엿볼 수 있는 것만으로도 충분히 만족한다. 그리고 음악가라는 직업이 세상과 나를 바라보는 직업군이라는 점에서 내 일과 다름이 없다는 연대감도 생겼다. 결국 『직업으로서의 음악가』라는 한 권의 책은 내게 같은 기록가로서 단단함을 어떻게 유지하느냐에 대해 답해주는 묵직한 돌이 되었다. 음악가라는 직업의 과정을 되도록이면 자세히 보여주려고 하는 마음은, 음악으로 나를 선보이는 세상을 그만큼 사랑하는 마음이다. 여전히 동그란 판에 음악을 넣으며 자신의 자국을 기록하는 음악가가 이 책 안에 존재하고 있다. 나는 그것만으로도 내가 사랑하는, 내가 절대 가질 수 없는 직업을 여전히 그리워할 수 있다.

많은 이들이 오랜 시간에 걸쳐 제 갈 길을 찾아간다. 곁에는 그

들을 불안하게 하는 수많은 조언들이 있지만, 그들은 이미 대강
의 길은 알고 있다.

_김목인, 『직업으로서의 음악가』(열린책들, 2018) 중에서

하늘을 보고 누워본 적이 있는 책은

어제보다 더 나은 삶을 이야기한다던대요.

# 나의 첫 우표 책

수집이라는 단어를 보면 웃음이 난다. '모을 수(蒐)'에 '모을 집(集)'. 모으고 또 모으다. 단어에는 모은 걸 어떻게 하라는 지시는 없다. 수집은 그저 잘만 모으면 되는 일일까. 하지만 모으다 보면 알게 된다. 정리가 뒤따라야 비로소 모았다고 말할 수 있다는 것을. 꼭 정리를 잘 하지 않아도 수집은 수집일 테지만.

손가락으로 표현할 수 있는 정도의 작은 나이에, 아주 개인적인 수집의 역사가 나의 세계에 쏟아졌다. 할아버지가 젊은 시절부터 모아온 우표를 보여준 것이다. 어쩌면 그날부터 수

집의 재미를 아는 사람으로 자라날 준비를 했던 건지도 모른다. 우표의 쓰임을 손끝으로 접해보기도 전에 수백 장의 옛 우표들이 눈앞에 들이닥쳤다. 깔끔하게 철한 우표가 아니라 여러 봉투에 잔뜩 담긴 채였다. 그날을 선명히 기억하는 건 찔끔거리는 기분이 뒤따랐기 때문이다.

할아버지는 처음부터 우표를 나에게 주지 않았다. 장남인 오빠가 모두 가져야 한다고, 오빠와 그리고 나에게 말했다. 우리 둘에게 '엄마 호칭 금지령'을 내린 시기와 비슷한 때였다. 엄마라는 말은 송아지가 제 어미를 찾는 울음소리라서 따라 해선 안 된다고 했다. "너희가 소니? 소인 사람?" 하고 질문 아닌 말에 오빠와 나는 아니라고 대답하며 이불만 바라봤다. 엄마를 엄마라고 부를 때마다 오빠와 나는 두껍고 따뜻한 할아버지 이불 위에서 혼이 났다.

할아버지가 없을 때는 엄마라고 부르다가, 할아버지가 다가오면 "몰라~ 그게 아니라고~요 어머니!" 하며 말끝에 어머니라는 단어를 억지로 넣었다. 그럴 때면 엄마는 몰래 큭큭 웃었기에 그 장면에서 한 부분은 귀여워졌으나, 오빠와 나는 울상이 되었다. 끝내 엄마에게 안겨 울면서 엄마를 엄마라고 못 부르는 건 너무 슬프고 괴롭다고 난리를 쳐서 그 사달은 끝이 났다. 할아버지가 일정 부분 포기한 게 컸다. 하지만 우표만은 절대 오빠가 가져야 한단다. 할아버지는 내 침을 받아

먹을 만큼 나를 사랑했지만 손녀에게 우표를 물려주는 방법은 몰랐다.

어차피 나는 내가 우표를 좋아하지 않을 거라고 생각했다. 나에게 나만의 우표 책이 생기기 전까지는. 내가 초등학교에 입학하자 오빠는 단골 우표 가게에서 오빠의 우표 수집 책과 똑같은 것으로 선물해주었다. 초등학교 3학년이 된 아이가 초등학교 1학년이 된 동생에게 주는 입학 선물이었다. 나는 내 우표 책이 오빠의 것보다 더 작지 않아서, 또 쪽수가 더 적지 않아서 좋았다.

이미 오빠한테는 할아버지의 우표에 방과 후에 산 우표까지 더해져 꽤 많은 우표가 있었지만, 방금 생긴 내 우표 책에는 단 한 장의 우표도 없었다. 오빠는 새 우표 책의 빈 페이지를 내려다보고 있던 내 표정을 기억했는지, 할아버지가 물려준 우표를 나누자고 했다. 정확히는 친히 나눠주었다고 말하는 게 맞을 것이다. 그리고 스스로 모은 디즈니 시리즈 우표도 내가 골라 가질 수 있게 해주었다. 그걸 고르는 재미가 얼마나 크던지. 하지만 '이건 안 돼' 목록은 당연히 존재했다. 오빠와 나는 겨우 두 살 차이로, 엄마 아빠를 따라 하는 다정함이 있긴 했어도 오빠도 애는 애였다.

얼마 전까지만 해도 우표를 싫어하던 어린이는, 어느새 우표 수집가가 되었다. 무언가를 째려볼 만큼 싫어하는 감정에는 어떤 것보다도 빠르게 뒤집어지기 쉬운 속성이 숨어 있는 법이니까. 초등학교 저학년의 나는 수집 생활 덕분에 특별한 재미가 더해진 일과를 보냈다. 학교를 마치고 정문으로 나오면 문방구 네다섯 곳이 그새 떡볶이를 끓이고 있었다. 그 거리를 지나 코너를 돌면 오빠의 단골 우표 가게가 나왔다. 이제는 내 단골 가게라고 당당하게 말할 수 있는 작은 가게. 언제나 닫혀 있는 우표 가게 문에는 작은 메모가 붙어 있었다. 벨을 누르면 몇 분 후에 내려가겠다는 메시지였다. '내려가겠습니다'라는 말 자체에 우표 가게 주인의 거처가 공개된 거나 다름없는데, 지금은 있을 수 없는 일이다.

방과 후, 친구를 데리고 기세등등하게 우표 가게로 달려가 벨을 누르고 그 앞에 앉아 주인아주머니를 기다린다. 이 기다림 또한 수집의 과정 중 하나였다. 몇 분 뒤, 방금까지 뭘 했는지 대략 짐작할 수 있는 상태로 등장하는 주인아주머니는 늘 나를 환영하며 맞아준다. 손에 묻은 물기를 닦다 말고, 먹던 밥을 씹다 말고, 낮잠을 자다 말고 내려오는 모습을 봐도 서로 아무렇지 않던 시절이다. 그렇게 우표 가게에 들어가면 언제나 내 대사는 정해져 있다.

"새로 나온 거 뭐 있어요?"

오빠가 말하는 걸 보고 따라 한 것뿐이지만 나는 이 대사가 꽤 멋지다고 생각했다. 무언가에 익숙하기까지는 시간을 필요로 하고 그렇기에 멋지니까. 헤매지 않고 할 말이 정해져 있다는 건 진짜 대단한 일이니까. 혼자서 쌓아온 시간이 살짝 엿보이는 기가 막힌 순간이니까.

온통 유리로 된 가구로 채워져 있던 우표 가게는 카운터 또한 유리 진열대를 썼다. 어린아이들이 손바닥을 대고 눕듯이 우표를 구경해도, 몇 십 장의 우표를 오래도록 구경만 해도 웃음으로 허용되던 곳이었다. 심지어 어린이들은 그 누구보다도 환영받는 손님이었다. 우표를 한 장 한 장 즐겁게 모으며 가게를 정기적으로 찾는 손님은 어린이들이었다. 우표만 그득하게 채워져 있는 공간이라는 게 얼마나 특별한 곳인지를 당시의 나는 몰랐다. 그 우표들 사이에서 내 것이 될 우표를 골라 작은 봉투에 담아 나오는 일이 얼마나 무구한 것인지도. 오늘의 추천 우표와 새로 나온 우표를 꺼내주면 하나하나 살펴보는 시선이 얼마나 당당했는지도.

할아버지는 내가 고등학생이 되자마자 생을 떠났고, 나는 서른이 넘어서야 작은 집을 얻고 독립을 하게 되면서 우표 책을 챙겨 나왔다. 나의 수집 역사의 시작과 함께한 책이니까. 작게 "흥" 하고 아니꼬운 콧소리를 내면서 내 우표 책과 오빠의 우표 책 두 권을 모두 챙겼다.

수집은 영원을 약속하는 일이 아니다. 요즘 몰두하는 것이 있다는 사실을 생활의 표면에 그려두는 일이다. 초등학교 저학년 시절 대부분의 기록은 시간을 타고 사라졌지만, 우표 책만이 그때의 나를 어느 정도 보여주고 있다. 맨 앞 장에는 절대 가져가지 말라는 경고 메시지가 적혀 있다. 오빠에게 우표 책을 선물 받자마자 적었던 경고 메시지. 비록 할아버지가 준 것은 아니지만 이제 내 것이 되었다는 기쁨은 이상한 열망으로 변해 있었다. 할아버지는 알까. 당신의 젊은 마음이 담긴 우표들을 오늘날에까지 소중히 여기는 건 이 세상에 나밖에 없다는 걸. 할아버지는 끝내 철하지 않았던 우표들을 장손에게 물려주며 정리한다고 생각했겠지만 그것을 기꺼이 손끝으로 정리한 건 나라는 걸, 다른 건 몰라도 알아줬으면 좋겠다. 그래서 할아버지가 저세상에서 머쓱해 했으면 좋겠다.

할아버지는 내가 어릴 때 "할아버지가 죽으면 진아가 울어줄까?" 하고 묻곤 했다. 할아버지가 막 숨을 거두었을 때 오빠와 나는 할아버지가 마지막으로 덮은 이불 위에 얼굴을 박으며 통곡했다. 울면서도 '할아버지, 나 울어요' 하며 할아버지에게 말을 걸었다. 사람이 사망했을 때 그 어느 부위도 아닌 귀가 제일 마지막에 기능을 상실한다고 학교에서 배웠기 때문에 나는 더 큰 소리로 울었다. 울었다는 이야기는 물론이고, 할아버지가 몰래몰래 모으던 우표들도 내가 안고 있다고 언젠가 말할 수 있는 날이 올까. 어쩌면 할아버지는 이미 알고 있을지도 모르겠다.

우표 책에서 할아버지의 대목을 보며 그 수집의 순간을 그려본다. 어떤 우표는 도착한 봉투에서 조심히 뗀 흔적이 있고, 돈을 모아서 산 것 같은 반짝이는 우표도 있다. 그런 순간들은 자신만 알게 자리한다. 좋아하는 무언가가 하나 생겼다가 둘이 되는 순간 말이다. 앞으로 우표 책을 어찌하면 좋을까. 더 이상 우표 가게는 보이지 않고, 우표를 한 장 한 장 즐겁게 모으던 마음의 알맹이도 사라진 지 오래다. 연말에 우체국에 가서 크리스마스 실이라도 하나 사서 넣어볼까 생각할 참이면 언제나 봄 한복판이다.

세상에는 어린아이라서 알아차리지 못하는 일과 어른이라서 알아차리지 못하는 일이 있다.

_야마모토 사호, 정은서 옮김, 『오카자키에게 바친다1』(미우, 2016) 중에서

## 좋아하기에 절망할 수 있는

행복에 겨워 웃다가도 누군가가 웃음 커튼을 냅다 걷어버린 것처럼 금세 원래 얼굴로 돌아온다. 행복을 느꼈으니 다음에는 반드시 절망에 가까워지리라는 걸 급히 느끼기 바쁘다. 이런 게 인생일까? 많고 많은 가게 중에서 서점을 희망 삼아 살아가는 사람이라면 바로 지금, 이 시대는 절망하기 딱 좋은 때이다. 아니, 어쩌면 절망의 감정 또한 슬슬 추억할 차례일지도 모른다. 이 책을 쓰기 시작한 해부터 지금까지 많은 서점들이 사라졌다. 나는 언제나 절망을 제대로 마주하기 위해 폐점을 앞둔 서점을 찾았다. 그간의 방문과는 사뭇 다른 공기를 느끼며 분명한 작별 인사를 건넨다.

가장 큰 절망은 서울 망원역에 위치한 한강문고였고, 뒤이어 따라온 절망은 한강문고의 본점 격인 불광역 근처의 불광문고였다. 한강문고는 회사를 다닐 때부터 프리랜서로 지내며 집을 나와 독립한 해까지, 30대의 나에게는 구원처나 다름없는 곳이었다. 처음으로 내가 나의 동네로 정했던 마을이, 나에게 '우리 동네'라고 말을 걸어준 곳이 바로 한강문고 한 복판이었다. 나의 세 번째 책 『사물에게 배웁니다』(휴머니스트, 2020)에 한강문고에 대한 이야기가 담겨 있다.

> 작업실에서 나와 집에 가지 않고 동네 서점에 들렀던 어느 이른 저녁. 책장에 놓인 신간들을 살펴보는데 서점문이 열리는 '띠띠 띠띠' 소리와 함께 비닐봉지 소리가 났다. 나도 모르게 고개를 돌려 봤더니 편한 복장을 한 사람이 검정 비닐봉지를 들고 익숙하게 걸어 들어왔다. 그 소리와 모습에 '동네'라는 단어 하나가 둥실 떠올랐다.

그 순간은 나에게 동네의 멜로디로 남았다.

불광문고는 한강문고가 내 곁에 있을 때는 한 번도 방문해 본 적이 없었다. 사라진 한강문고의 분위기를 느끼고 싶을 때면 차를 타고 가서 책을 바리바리 사오는, 조금 가까운 동네 책방이었다. 한강문고의 빈자리는 그렇게 겨우 채워졌지만, 그 시간이 나에게 길게 주어지지는 않았다. 이 서점 두 곳은 이제는 좀처럼 보기 어려운 중형 서점이었다. 평수가 상당해서 들어서는 순간 책에 둘러싸이는 힘이 온몸으로 느껴진다. 어린 시절만 해도 동네와 학교 근처에는 이런 지역 서점이 많았다. 방문할 때마다 사람들이 많았고, 책들도 언제나 가득 쌓여 있었는데, 엄마와 오빠와 함께 책을 골랐던 기억이 아직도 선명하다.

한강문고는 2007년에 문을 열어 2020년에 문을 닫았고, 불광문고는 그보다 일찍인 1996년에 문을 열어 한강문고가 폐점한 바로 다음 해인 2021년에 문을 닫게 된다. 지역 서점의 경영난은 일찍이 예상된 현상이었다. 책을 사는 사람이 줄어들고 책을 동네에서 사려는 사람 또한 줄어드는데, 임대료는 무섭게 오르기만 하고, 인터넷 서점이나 대형 서점에 비해 납품률이 높은 구조적 문제는 해결되지 않고 있다. 세상이 지역 서점을 향해 없어지라고 외치는 격이나 다름이 없다. 그럼에도 불구하고 마지막까지 서점 문을 열고자 했던 것은, 동네 서점에서 보내는 시간을 지역 사람들에게서 빼앗고 싶지 않았기 때문은 아니었을까. 끝내 열고자 했던 마음과 이내 닫아야만 했던 서점의 마지막 얼굴을 나는 모두 기억하려 한다.

한강문고와 불광문고의 마지막 날에 서점을 방문했다. 서점 구석구석, 서가 사이사이, 여전히 꽂혀 있는 책들에는 지난날 쌓인 추억이 그대로 고여 있다. 늘 고민만 하다가 두고 온 책들은 마치 여기가 집인 것처럼 편해 보인다. 서점 짐을 빼는 날이면 이 책들은 모두 어디로 갈까. 책을 함께 나눠 드는 마음으로 신경 쓰였던 책들을 안아 올린다. 이런 날이면 책을 고르는 마음이 느슨해진다.

모두 비슷한 마음인지 폐점 직전의 서점에는 계산을 기다리는 줄이 길게 선다. 이 책들은 당장 필요하지도 않고, 오늘 못 사더라도 언제든 온라인 서점으로 주문할 수도 있고, 이 책의 존재 자체를 잊더라도 일상에 큰 문제는 되지 않을지도 모르지만, 그간 이 자리를 지킨 서점에 신세를 진 적 있는 마을 사람들은 책을 가득 안고서 줄을 선다. 평소에 매번 이런 그림이 서점에 그려졌다면 오늘 같은 날은 맞이하지 않아도 됐을 텐데. 평소에도 마지막 날 같은 마음을 우리 모두가 촘촘히 두었다면 얼마나 좋았을까. 모처럼 긴 줄로 바빠진 직원분들의 표정은 이루 말할 수 없이 복잡해 보이고, 마을 사람인 우리들은 뒤늦은 후회로 모두가 느린 표정을 짓고 있다.

나에게 한강문고는, 책을 출간하는 힘이었다. 작업하는 것이 완성되면 이 서점에 놓일 수도 있다, 여기에 내 책이 누워 있는 걸 보고 싶다고 생각하며 혼자만의 힘을 길렀다. 지역 서점이기에 모든 책이 진열되는 것은 아니므로, 에세이나 여행서의 매대는 그다지 넓지 않으므로, 한강문고에 내 책이 누워 있는 모습은 대형 서점에 누워 있는 것과는 감동의 결이 좀 달랐다. 『빵 고르듯 살고 싶다』(휴머니스트, 2018)는 의외의 매대에서 꽤 오랫동안 자리를 지켰고, 『아직, 도쿄』(위즈덤하우스, 2019)는 출간하자마자 판매 1위가 되어 일주일간 당당하게 진열되었다. 알고 보니 나를 1위로 만든 장본인은 같은 망원동에 위치한 단골가게 주오일식당의 사장님이었다. 이웃인 나의 책 출간을 축하할 겸 가게 이벤트를 열어서 책을 몇 권이나 산 사실이 뒤늦게 밝혀지며 1위의 비밀이 풀렸다. 나는 얼마나 기뻤는지 모른다. 이웃의 응원이 나의 동네 서점을 움직이게 했다는 사실이. 동네의 일은 이렇게 티가 난다.

4월이면 한강문고 한편에 노란 종이가 등장한다. 작은 테이블에는 노란 종이와 함께 『세월호, 그날의 기록』『금요일엔 돌아오렴』『그날이 우리의 창을 두드렸다』『눈먼 자들의 국가』『그리운 너에게』 등의 책들이 계산대 가까이에 한데 모인다. 노란 종이에 편지를 쓰고 종이배 모양으로 접어 비치된 아크릴 박스에 넣는다. 종이배를 접는 순서 또한 친절하게 붙어 있다. 어린이 독자와 작은 테이블에서 고개를 숙이고 조용히 노란 종이에 편지를 쓰며 함께 4월을 바라보는 시간을 한강문고에서 보낼 수 있었다. 이 마을 사람들의 염원이, 4월의 노란 마음이, 투명한 박스에 꽉 찼다.

이제는 나를 그려 넣을 수 없는 책방 하나

이제는 나를 그려 넣을 수 없는 책방 둘

2017년 6월에는 10주년 나무가 열렸다. 커다란 나무 모형에 한강문고의 10주년을 축하하는 메모들이 주렁주렁 달렸다. 메모들을 읽으면 이 서점의 주요 고객이, 이 서점에서 주로 머무는 이들의 얼굴이 보인다.

"축하해 이거 생길 때 8살이었는데…"

"교보문고가 생겼지만 화이팅^^ 앞으로도 애용하겠습니다."

"네가 원하는 꿈을 이룰 수 있길"

네가 원하는 꿈을 이룰 수 있길. 이 메모를 한참 바라보았다. 서점이 원하는 꿈은 무얼까. 결국 2020년, 모두의 꿈이 사라지듯 한강문고에는 이별 나무 한 그루가 세워졌다. 이별 나무에는 "이별 나무, 추억 한 잎"이라는 글씨가 적힌 종이가 코팅되어 달려 있었다. 한강문고가 나무라면, 서점 손님들은 한 잎 한 잎의 존재였다. 동네의 주요 고객이었던 어린이 손님들은 이런 메모들을 남겼다.

"바이바이"

"가지마~(하트)"

"항상 밥먹고와서 책 봐서 기뻤어요."

"잘가. 더 있으면 좋을 것 같은데ㅠㅠ 고마웠어!"

"아프로 계속 이자리에 있으면 좋겠어요."

그리고 나의 메모는,

"일주일에 한두 번 방문하는 즐거움. 고마웠습니다. 다시 돌아와줘요. 기다릴게요."

지난 메모를 다시 보니 한때의 내가 생소하게만 느껴진다. 한 서점을 일주일에 한두 번이나 방문하는 손님이었다니. 그럴 수 있는 일상이, 그럴 수 있는 서점이 나에게 있었으나 지금은 없다는 사실이 서글프기만 하다.

『서점, 시작했습니다』를 쓴 도쿄의 작은 책방 'Title'의 점주 쓰지야마 요시오 씨는, "서점은 그 시대를 자유롭게 편집하고 제안할 수 있다"라는 말에 이끌려 서점인의 길로 들어섰다고 한다. 나에게 한강문고가 그런 서점이었다. 시대를 자유롭게 편집하고 제안하는 곳이자, 서점 직원들이 지향하는 바대로 책 서가를 담당했던 곳. 책장의 책으로 이 시대를 말하며 동네 사람에게 오늘을 알렸고, 팔리는 책을 꾸준히 채우면서도 놓치지 말아야 하는 이야기 또한 부지런히 챙겼다. 그 덕에 나는 가장 가까운 서점에서 일주일에 한두 번씩 세상을 만날 수 있었던 것이다. 지나치지 말고 마주해야 하는 세상의 중요한 소식을 들을 수 있는 장소가 그리 멀지 않은 곳에 있었는데, 지역 서점이기에 가능한 조용한 연대들은 이제 사라져버렸다.

도쿄의 또 다른 작은 책방 '서니 보이 북스'의 점주도 지역 사람과의 연대를 중요하게 생각하는 서점인이다. 책을 사이에 두고 우리는 금세 친구가 되었다. 그는 나와 같은 나이로, 책과의 만남은 대학생 시절부터 시작되었다고 한다. 그러고 보면 책을 제대로 좋아하게 된 시기 또한 나와 비슷했다. 도서관에 머무는 시간이 길어지며 자연스레 책을 읽는 나날이 이어졌을 때, 책을 바라보며 자신에 대해 생각하게 된 그는 문득 책방 일을 하고 싶다는 마음을 갖게 됐다. 전공이 맞지 않아 도서관에서 시간을 보내던 대학생의 빈 마음이 그렇게 채워졌다. 도쿄 인근에 위치한 중형 서점에서 인턴으로 일을 하다가, 아르바이트생에게도 서가를 맡게 해준다는 소문을 듣고 아오야마 북 센터로 이직을 했다. 서점에서 이루어지는 모든 일 중, 책을 책으로 쳐다보지 않는 일을 반복하다 보니 책과 만나고 싶은 장면이 분명해졌을 것이다. 그렇게 그는 아오야마 북 센터 롯폰기 점에서 4년 동안 책을 대하는 일을 했다. 선반을 맡아 담당하고, 페어를 기획하고, 책을 들이고 매일의 서점을 만드는 일을 배웠다. 그런 과정을 거쳐 서니 보이 북스라는 작은 선반만으로 자신만의 서점의 일을 시작해 지금은 서니 보이 북스만의 고유한 공간을 이어오고 있다.

2018년 5월, 서니 보이 북스에 책을 입고하러 방문했던 날이었다. 다음 일정을 묻는 그에게 롯폰기에 위치한 스누피 뮤지엄에 갈 예정이라고 들뜬 얼굴로 답했다. 그는 "오" 하며 잠시 뜸을 들이더니 다소 묘한 표정을 지었다.

"그 근처에 내가 일했던 서점이 있어. 아오야마 북 센터라고."

단순한 장소 추천이라고 생각해서 끄덕였는데, 나의 밝은 반응에도 그의 묘한 표정은 여전했다.

"그런데 곧 없어져서. 가보면 좋겠다."

자신의 한 시절이 고스란히 남아 있는 서점이 사라진다는 소식을, 그 어디에 공지가 되기 전에 미리 들었던 것이다. 그는 다음 해 정말로 폐점하게 될 날을 생각하며 짬짬이 절망하는 시간을 보내고 있었다.

스누피 뮤지엄에 갔다가 친구가 일했던 아오야마 북 센터로 향했다. 친구의 옛 직장을 구경하기 위해 가볍게 방문했는데 그만 전에 없던 절망을 느끼는 밤을 보냈다. 영업시간이 얼마 안 남은 시간이라 그런지 거리에는 희망찬 초록색 간판이 유독 빛을 내고 있었다. 들어서자마자 신간과 문구가 진열된 입구 매대와 2층으로 향하는 계단이 나를 반겼다. 넓지만 그렇게 넓지만은 않고, 책을 다 보기에는 여기에서의 생활이 뒷받침되어야 하는, 번잡한 도로 한복판에 있지만 들어서자마자 완벽한 종이 냄새에 사로잡히는 지역 서점이었다.

친구가 일했던 곳이라고 생각하니 보는 눈이 달라졌다. 바로 여기에서 책에 고개를 숙인 시간을 보내며 지금의 공간을 꿈꿔왔을 마음이 생길 수밖에 없는 곳이었다. 손글씨로 적힌 책의 설명, 신간 저자의 친필 사인, 분명한 분류와 그것에 따라 정리되어 있는 책들. 지역 서점 치고는 꽤 크게 자리하는 예술 서적 코너와 한번 사면 오래 쓰고 싶은 문구들이 가득한 코너 앞에서는 부러움 섞인 감탄이 나왔다. 서가에는 직원의 움직임이 조용히 느껴졌고, 필요한 책과 궁금한 책이 자연스럽게 눈에 들어오는 분위기가 부드럽게 다가왔다. 시간이 머문 흔적이 느껴지는 도심의 서점이란 이렇게나 좋았다. 1980년 개점 당시의 모습은 그대로 유지된 채, 서가의 책들만이 지금을 말하고 있었다.

그럼에도 마음이 자꾸만 뚝뚝 끊겼다. '그러니까, 여기가 없어진다는 거지', '이 멋진 책장들이 없어지는구나' 하며 곧 사라질 날을 의식하기 바빴다. 구체적인 감탄들은 곧장 쓸쓸하게 사라졌고, 나는 자꾸만 덜 감동받으려고 열심이었다. 폐점을 앞둔 서점에서의 첫 시간은 허무하다. 처음 방문한 자만이 피울 수 있는 감각을 제대로 사용하지 못해서 그렇다. 오늘 좋아서 다음을 약속하고, 또 다음의 방문이 이어지며, 여기에서만의 추억이 나도 모르게 쌓이는 무감각의 행복이 허락되지 않으니까. 한곳에 머물던 여럿의 시간 중에서 어떤 순간을 오래 기억할지는 나조차도 모르는 일인데, 감히 바랄 수도 없다니. 좋은 서점의 좋은 면 앞에서 한없이 무기력해지는 나였다.

어느새 내 얼굴에는 서점 방문을 권하던 친구의 표정이 겹쳐지고 있었다. 정말 묘한 표정이 되어 서점에서 나머지 시간을 보냈다. 발목에 모래주머니를 찬 것처럼, 느리게 서점을 빠져 나왔다. 아오야마 북 센터의 본점은 여전히 자리를 지키고 있지만, 롯폰기 점은 2019년에 영원히 사라졌다. 사라져버린 고유의 분위기는 얼마를 주고도 다시 못 산다는 게 슬프다. 아무도 사려고 하지 않는다는 게 또 슬프다.

책과는 상관없을 줄만 알았던 친구는 서점의 주인이 되어 자신만의 공간을 지금까지 꾸려오고 있다. 비록 지금은 오키나와로 이주했지만 아오야마 북 센터 시절의 동료가 서니 보이 북스의 점장이 되어 책방을 맡아주고 있다. 오늘도 SNS를 통해 책방을 열었다는 소식을 알 수 있으니 얼마나 다행인지 모른다. 이제는 사라진 아오야마 북 센터의 미소가, 도쿄의 작은 마을에서 여전히 번지고 있다.

그러던 어느 날 친구에게 메시지가 도착했다. 오키나와의 작은 건물 사진과 함께였다. 오키나와에 이주해 또 다른 책방을 준비하고 있는데 드디어 건물을 정했다는 소식이었다. 이름도 새로 정하고, 로고 그림도 새롭게 만들었다.

"오키나와에서도 언젠가 함께할 수 있었으면! 꼭 재미있는 일을 함께하자."

서점에서 누릴 수 있는 갖가지의 행복을 기억하기에 절망을 절실히 감당했던 우리들은, 그렇기에 부지런히 다음을 이야기한다. 나는 또 한 번 전시를 하자는 친구의 말을 허투루 듣지 않고 언젠가 진짜 있을 일과로 여기며 살고 있다. 마음이 답답해 여행이 하고 싶거나 친구가 보고 싶은 날이면 친구의 새로운 공간을 떠올리며 내 방에서 가장 먼 곳을 바라본다. 어떤 그림이 친구의 서점에 걸릴지, 어떤 그림을 이야기할지 고민하는 시간이 지금의 유일한 여행이다. 절망과 희망을 거듭 추억하며 우리들은 이 여정을 계속할 것이다.

절망의 뜻은 "바라볼 것이 없게 되어 모든 희망을 끊어버린 상태"라고 한다. 바라볼 것이 없게 된다는 것, 내 힘은 너무 작기만 해서 도무지 막을 수 없다는 것. 모든 희망을 끊어버릴 수밖에 없는 이 무력한 마음은, 사라진 서점들을 추억하며 무한히 겪는다. 도착하기만 하면 노력하지 않아도 가장 마음에 드는 분위기를 만날 수 있는 곳들을 잊는 방법을 도무지 모르겠다.

이미 존재하는 것들과의 다음은 헤어짐일 수밖에 없다. 그가 사라지든지 내가 사라지든지 둘 중 하나. 이 세상은 그런 곳이다. 폐점을 앞둔 서점에다가 "다시 돌아와줘요. 기다릴게요" 하고 쪽지를 남겨봤자 아무런 힘이 되지 않고, 작별 인사로는 최악일지도 모른다. 하지만 돌아올 수 없다는 걸 알기에 땅끝까지 절망하면서도, 굳이 돌아와달라는 말을 덧붙여 여기 같은 곳은 다시는 없을 거라는 아픈 확신을 한다. 이곳만의 분위기를 끝까지 기억하겠다는 말을 어떻게든 전하고 싶어서이다.

이만큼 좋아했기에 절망할 수 있다. 그래서 나는 기꺼이 절망하기로 한다. 절망의 표정으로 사라진 서점을 기억하는 건, 마음을 다해 좋아했다는 증거다. 절망한 힘을 가지고 좋아할 만한 것으로 곧바로 향할 수 있도록. 다시 시작되는 것들에 어김없이 마음을 쏟을 수 있는 용기를 잃고 싶지 않다. 어쩌면 인생이란, 절망할 것이 얼마나 있냐에 따라서 그 표정이 달라지는 기간인지도 모르겠다.

> 세상이 얼마나 진보하든, 종이도 책도 없어지지 않는다. 우리의 생활에서 여유는 사라지지 않는다.
>
> _가쿠타 미츠요, 오카자키 다케시, 이지수 옮김, 『아주 오래된 서점』(문학동네, 2017) 중에서

# 세 명 이상이 같은 걸 좋아할 때

작업자로서의 나는 종종 허허벌판 위에 가만히 서 있는 기분이 든다. 어디서부터 출발해 어디로 향하는지 도통 모르겠는 마음이 나를 둘러쌀 때면. 그런 망상의 장면에서는 어째서늘 서 있는 자세일까. 실제로는 책상에 앉아 무작정 무언가를 해내는 자세를 취하고 있으면서도, 마음이 헛헛할 때는 또다시 선 채로 지금을 바라본다.

허허벌판 위에 서 있는 망상은 왜 시작되는가. 잘하고 있는지 좀처럼 모르겠어서 표정이 딱딱해지는 날이 우리 세계에는 반드시 찾아온다. '우리' 자리에 '모두의'를 넣어도 아마 무방하지 않을까. 시작하면 할수록 시작하기 어려워진다. 언젠가처럼 잘하지 못할까 봐 두렵기도 하고, 잘해온 내가 있기에 잘하고 싶은 마음이 커진다. 다행히 잘하고 싶은 마음은 아직까지 좋은 에너지로 쓰이고 있다. 또 한 가지 다행인 건, 망상 속에 서 있는 나에게 보이는 건 아무것도 없는 황토색의 땅이 아닌 비슷하게 서서 어딘가를 가려는 사람들이라는 점이었다.

그들은 프리랜서인 채로 무언가를 만들어야 하는 나에게 동료로 존재하는 사람들이다. 이야기를 그리는 사람들. 우리들은 그림을 기반으로 작업하는 것은 같지만, 그 안에 담아내는 이야기는 각기 너무나 다르다. 다르기에 좋아하고, 좋아하기에 꾸준히 관심을 갖고 서로를 응원한다. 일상의 안부를 좀처럼 묻지는 않지만 가끔 만나서 우리의 직업을 중심에 두고 이야기를 늘어놓는 사이.

어느 날은 카페 두 곳만큼, 또 어느 날은 술집 두 곳만큼의 시간을 갖고 서로에게 기울인다. 그날은 넓디넓은 어딘가에서 모처럼 셋이 모여 서 있는 날이다. 대화 주제로는 역시 책이다. 그중에서도 만화책 이야기를 하면 언제나 즐겁다. 각자 좋았던 부분을 꺼내놓는 대화를 하면 그제서야 서로를 조금 알 것 같다. 같은 책이지만 울림을 느낀 장면은 또 얼마나 다른지. 비슷하지만 전혀 다른 부분에서 각자의 영감을 챙기고, 자신의 자리로 돌아가 또 한 번 자신의 영역을 넓힌다. 같이 모여 있다가 또다시 흩어지고 자신의 자리로 돌아가듯이.

집에 돌아오자마자 신나게 신발을 벗어던지고 책장에 꽂혀 있던 만화책을 꺼내 들었다. 아까 잘 설명했나? 그 대사가 맞았나? 하면서 모처럼 집 안에서 발 빠르게 움직인다. 옷도 갈아입지 않은 채로 좋았던 장면들을 찰칵찰칵 찍으면서, 내가 좋아했던 이야기들을 다시 한 번 나에게 저장하는 순간이다.

'이 장면도 좋았어요' 하고 우리들의 대화창에 사진을 전송하면 같은 만화책의 다른 장면들이 도착한다. 각자 어느 장면에서 울었는지 공유하다 보면 이미 읽은 만화책이 다르게 펼쳐진다. 내가 느끼지 못하는 감정을 그를 빌려 느끼는 듯하다. 혼자 집에 쭈그리고 앉아서 다시 만화책을 읽는데도 아직 같이 있는 기분. 그리고 나는 혼자 끌끌끌 하고 그들을 귀여워하는 웃음을 지어본다. '여기서 왜 울었어요?' 하는 의아함이 아닌, 일단 같은 책 속에서 울긴 울었다는 데에서 묘한 연대감이 생긴다. 그 장면도 좋았죠, 맞아요 거기서 저도 울컥했어요, 좋았어요. 슬슬 짧아지는 서로의 감상을 끝으로 우리는 다시 오늘로부터 무언가를 시작할 마음을 먹는다.

세 명 이상의 공통된 취향이 어른을 기른다. 인간으로 자라나면서 이런 장면은 언제까지나 필요하다. 혼자서 좋아하던 것들을 몇 명과 나눌 때면 분명히 환해진다. 나는 혼자만으로도 신이 나고 지루함 없이 노는 편이지만, 그것들을 속에만

깊고 깊게 담아둔 채로 지내다가 좋아하는 이들과 나눌 때면 새로운 숨이 쉬어지고, 그제서야 전에 없던 표정을 짓는다. 사람은 그렇게 환해지기도 한다.

지금은 만나기 어려운 장면이지만, 학생으로 살던 시절만 해도 특별한 어느 날이면 비슷한 취향을 가진 사람들을 만나기가 쉬웠다. 좋아하는 음악가의 앨범 발매 날이 나에게 그랬다. 이제는 잘 듣지 않는 한 밴드의 앨범 발매 날에 당연한 듯 음반 가게로 향했다. 레코드숍에 들어서면 오늘이 어떤 날인지 도착하자마자 알게 된다. 악틱 몽키즈(Arctic Monkeys)의 새 앨범 'Favourite Worst Nightmare'의 발매를 알리는 소개가 크게 붙어 있었다. 나는 오늘의 목적이 분명하다는 듯이 오늘 막 진열된 앨범 하나를 가볍게 들고 곧장 카운터로 향했다. 카운터에는 세 명 정도가 줄을 서 있었는데, 나는 그만 아무런 표정도 없던 얼굴에 힘을 꽉 주게 되었다. 줄은 선 모두가 악틱 몽키즈의 새 앨범을 들고 있었다. 어떤 기분이었냐면, 시디를 머리 위로 들고 "오늘! 대 발매!"를 외치며 한 명씩 돌아가며 하이파이브를 하고 싶은 심정이었다. 나까지 단 네 명이었는데도.

그런 장면이 더해진 앨범이라 그런지, 나에게는 유독 아끼는 앨범이 되었다. 앨범을 처음부터 끝까지 반복해서 들으면서 시기마다 좋아하는 곡이 달라졌고, 시간이 지나며 달라지는 나의 취향을 바라보며 카운터 앞에서 줄을 섰던 그들은 과연 이제 어떤 곡을 좋아하는지 궁금해지곤 했다. 그 궁금함이 절대 해소될 리 없겠지만 노래를 들을 때마다 점점 커져만 갔고, 그 덕분에 노래들을 여러 번 좋아하게 되었다. 지금은 거의 듣지 않지만, 앨범을 사던 날의 장면만큼은 나에게 종종 다가온다.

저절로 선사 받던 이런 순간들은 어쩌면 살면 살수록 만나기 어려워지지 않을까. 세상이 편해지고 나아지면서 감동을 받을 만한 사소한 우연들은 한데 뭉쳐 덩어리진다. 감상 더하기 감동의 영역인 음악의 세상에서도 많은 순간들이 압축되어 보이지 않게 되었다. 그러니 부지런히 나를 키울 순간들을 챙겨야 한다. 좋아하는 걸 어렵게 만나고, 시간을 들여 기다리고, 고르고 고른 순간을 충분히 누리는 정성이 필요하다.

끝없이 각자의 생만큼 펼쳐진 벌판에서 서서, 나에게 보이는 사람들의 색감을 인식한다. 보인다는 건 보고 싶어서 생긴 시선이 아닐까. 거리는 있지만 우리라고 생각하고, 가까워졌을 때에는 우리의 지금을 이야기하는 사람들. 그들이 앞으로 어떤 것들로 어떻게 나아가는지를 오래도록 지켜보며 궁금해 하고 싶다. 좋아하는 걸 주로 이야기하면서, 같은 걸 어떻게 다르게 좋아했는지 눈여겨보면서. 딱 오늘 마시기 좋은 술 한잔을 맛있게 나누면서.

둥그런 책벌레

## 같은 줄, 같은 키

베란다에서 흥겨운 멜로디가 흘러나오면 하던 일을 멈추고 자리에서 일어난다. 수건 건조가 끝나면 곧장 꺼내는 게 우리 집 원칙이다. "타이밍이 중요하니까"라는 말에 이어 "잊지 말고 꺼내줘" 하고 부탁을 받았다. 나의 동거인에게.

언젠가 꼭 함께 살고자 했던, 일명 '가장 친구'와 함께 산 지 얼마 되지 않았다. '가장 친구'라는 호칭은 만화를 그릴 때 '가장 친한 친구'를 잘못 쓴 표현이었다. 그대로 SNS에 올렸는데 한 친구의 반응이 뜨거웠다.

"가장 친구라는 말 너무 좋다! 연인도 아니고 짝꿍도 아니고 그냥 가장 친구라니!"

친구에게도 딱 그런 친구가 존재하는 걸 알고 있었다. 가장 친구라는 말이 나도 썩 마음에 들었다.

혼자 살던 시간을 고이 마음속에 수납하고서, 따로 또 같이의 시간을 시작했다. 함께 사는 일이 큰 변화처럼 여겨지진 않았다. 같이 있더라도 혼자 있을 때의 기분이 이어지는, 내내 같이 있더라도 서로 반드시 혼자의 시간을 필요로 하는, 예를 들면 함께 서점에 가면 말없이 흩어지고 다시 느긋하게 모이는 사이였다. 물론 아쉬운 점도 있었다. 약속 장소가 사라졌고, 서로를 만나기 위해 버스에 올라타 노래를 듣는 시간이 없어졌고, 자기 전의 시시콜콜한 통화가 더 이상 일상이 아니게 되었다. 무엇보다 오랜 시간을 사귀었어도 약속 장소에서 만나면 언제나처럼 나를 향해 손을 번쩍 들어 흔드는 모습을 일상적으로 볼 수 없다는 것이 가장 아쉬웠다. 좋게 아쉬운 점만 꼽아보자면 말이다. 제일 아쉬운 건 역시 싸우더라도 같은 공간에 있어야 한다는 것이고, 나조차도 보기 싫은 나의 내면을 어쩔 수 없이 들키게 된다는 것이 아닐까.

같이 살기 시작하면서 놀라고 당황스러운 점도 있었다. 눈을 뜨면 문장으로 된 말을, 대화가 되는 이야기를 해야 한다는 사실이었다. 혼자 살 때는 당장의 계획을 주절주절 혼잣말로 떠들 때도 있었지만 대체로 입을 다물고 행동했다. 나의 개 친구 키키와 또 나 스스로와 떠든 덕에 적지 않은 말을 하며 지냈지만, 누군가와 함께 산다는 건 매 순간 눈앞의 일에 대해 진심으로 입을 열어야 하는 일이었다. 이 일과가 당연해지기까지 상당한 에너지가 필요했다. 일어났는지, 아침을 바로 먹을지, 키키와 산책을 하고 먹을지, 산책을 하면서 빵집에 갈지, 커피는 내려 마실지 아니면 근처에서 사서 마실지, 지금은 안 마시고 작업실에 출근해서 마실지 등등을 매일 말로 정해야 했다. 이런 대화에 에너지 소모를 느끼는 것도 어느 정도 시간이 지나자 없어졌다. 여행 같을 거라고 기대한 마음이 사그라들었고, 내일도 오늘과 다름없이 그려졌다.

창피한 얘기지만, 같이 산 이후로 내 손으로 옷을 세탁기에 넣고 돌린 적이 거의 없다. 동거인은 언제나 아침 일찍 일어나서 전날 설거지해둔 식기를 정리하고, 빨래를 분류해서 그에 맞게 세탁기를 돌린다. 나는 '빨래를 분류한다'와 '그에 맞게 세탁기를 돌린다'라는 것의 기준을 아직도 잘 파악하지 못해서 한 발 빠져 있다. 나는 상관없다고 생각했던 것이 그에게는 큰 상관이 있곤 했다. 혼자 살 때는 건조기는커녕 세탁기도 없이 지낸 나였기에 빨래에 대한 기준 또한 딱히 없었다. 한 번은 세탁기 앞에 쪼그리고 앉아 빨래를 넣고 있는 그에게 후다닥 빨랫감을 가져갔다가 단칼에 거절당한 날도 있었다. 어떤 옷은 꼭 자연건조를 해야 한다며 건조기에 넣지 않기도 한다.

같이 산 날이 하루 이틀 지나며 알게 되었다. 그의 하루 루틴은 빨래를 기준으로 돌아가고, 나는 아침밥을 기준으로 돌아간다는 것을. 내 옷이 어떻게 빨리든 크게 상관이 없는 나처럼, 그 또한 아침으로 생각도 못 한 걸 내놓더라도 별 상관없이 맛있게 먹는다. 나는 아침 메뉴만큼은 앞장서서 정하고 싶어 하고 냉장고에 무엇이 들었는지 전부 알아두려고 한다. 그도 마찬가지였다. 빨래와 청소에서만큼은 자신의 룰을 지키고자 했다. 그렇기에 묘하게 충돌하지 않고 지낼 수 있었다. 나는 부엌일로 마음을 일으키는 사람이라 먹고 마시는 살림을 주도하게 되었고, 빨래에 대한 관심이 넘치는 동거인이 자연스럽게 빨래를 담당하게 되었다. 이런 생활은 빈 종이를 꺼내 계획할 필요도 없이, 따로 말을 꺼낼 필요도 없이 정해졌다.

그래도 수건 빨래만큼은 내가 하려고 한다. 일단 수건만 따로 모아둔 빨래통이 꽉 차면 (혹은 쓸 수건이 얼마 안 남았다면) 세탁기에 몽땅 넣는다. 정해진 양의 세제를 넣고, 수건 모드에 맞춰서 세탁기를 돌린다. 그리고 동거인에게 부탁받은 대로 세탁기에서 완료 멜로디가 들리면 곧바로 헹굼+탈수 모드로 한 번 더 돌린다. 또 한 번 완료 멜로디가 들리면 곧장 건조기에 넣고, 건조기에서 완료 소리가 나면 또 곧장 꺼내기.

세탁 일 앞에서는 '곧장'이라는 부사가 늘 달려 있다. 나는 나중에 널어도 괜찮다는 쪽이지만, 살림 카테고리에서 의견 차이가 생긴다면 무조건 상황이 좋아지는 쪽의 말을 들어주는 게 맞다.

건조기에서 빼낸 수건은 보송보송해서 만지면 기분이 좋아진다. 빵을 굽는다면 이런 기분일까? 뜨신 수건을 쫙 펼쳐 놓고 한숨 날린 후 차곡차곡 개켜서 수건 수납장에 차례대로 넣으면 된다. 집에서 일하는 날이면 수건을 개키는 일은 적절한 쉬는 시간이 된다. 하루 종일 글을 쓰거나 그림을 그릴 원고를 쳐다보고 있을 때의 나는, 우리 집이 키조개라면 꼭 그 안에 관자처럼 한자리에 머물러 있곤 하니까.

어느 아침이었다. 키키와 둘이서 껴안고 자고 있는데 전화가 울렸다. 이미 작업실로 출근해서 오늘 자 사회인이 되어 있는 동거인으로부터 걸려온 걱정 어린 전화였다. 몸이 안 좋은 건 아니냐고, 같이 아침을 먹고 싶었지만 급한 일이 있어서 혼자 출근했다는 내용이었다. 그리고 이어서 수건 빨래를 돌려놓고 나왔으니 소리가 나면 바로 헹굼+탈수를 추가한 후에 건조기에 넣어달라고 말했다. 나는 피식 웃으면서 '역시 빨래 얘기였냐!' 하고 속으로만 생각했다. 그렇지 않아도 오늘 수건 빨래를 하려고 했다는 말도 속으로만 했다. 아침잠이 많은 나는 세탁기가 돌아가는 줄도 모르게 잤다. 침대에서 일어나니 세탁기 돌아가는 소리가 들렸다. 조금 뒤면 '곧장' 건조기로 옮겨야 하니 서둘러 씻었다.

건조기를 돌리고서 점심을 먹은 후 집에서 할 일을 하다 보니 어느덧 또 한 번의 흥겨운 소리가 울려 퍼진다. 키키와 얼굴을 마주친 뒤에 베란다 쪽을 같이 쳐다봤다. "키키야. 소리가 나면 바로 빼야 한다!" 후다닥 달려가 따끈한 수건들을 끌어안았다. 세탁기 세제 칸에 고인 물도 빼고, 세탁기와 건조기 문도 활짝 열어두었다.

방바닥에 앉아 수건을 개키다가 대뜸 피식하는 웃음이 새어나왔다. 언제나 크기별로 나누어 늘 거의 같은 차례로 수건을 수납장에 넣고 있다는 사실이 문득 재밌어서였다. 빈 집에서 시작하며 몇 장씩 사 모은 수건들이 이제는 익숙해진 걸까. 나도 모르게 익숙한 듯이 차례를 맞추고 있다는 게 느껴졌다. 뚱뚱한 흰 수건을 가장 밑에 넣고, 그 위로 다음 뚱뚱한 흰 수건들을 쪼르륵 올린다. 그리고 민트 색, 회색, 남색 수건을 마저 올려두고, 얇거나 알록달록한 수건은 그 옆에 세워둔다. 개켜진 수건의 부피와 키에 따라 수건의 위치가 정해진다. 거의 늘 비슷한 순서로 수건을 수납하고 있다고 생각하니 꼭 우리 집 책장을 닮은 것 같아서, 바로 앞의 책장을 쳐다보며 수건을 마저 개켰다. 마침 얼마 전에 책장 정리를 했던 터라 비슷한 키로 진열되어 있는 나의 책들이 쪼르륵 눈에 들어왔다.

두 사람이 한집에 모이자 각자의 책도 만났다. 책이 겹치기도 하고 한 선반에 꽂힐 리 없는 책이 만나게 되니 책들이 서먹해 하는 것도 같았다. 한쪽 벽을 가득 채울 만큼의 큰 책장을 사서 일단 아무렇게나 꽂아두고 지냈는데, 새로 산 책들이 자리를 잡지 못한 채 며칠을 이리저리 쌓이게 되자 큰 결심을 했다. 책이란 건 책장을 벗어난 순간 짐덩이가 되면서 과거의 내가 싫어진다. 일단 꽂아둔 책들을 몽땅 빼고 카테고리를 나눠서 넣기로 했다. 가로 길이 약 75센티미터인 3층짜리 책장 세 개와 같은 폭의 6층짜리 책장 하나, 총 네 개의 책장이 벽 하나를 채우고 있다. 하나씩 소설 칸, 임진아 칸, 동거인 칸, 그리고 6층짜리 책장의 반은 동거인 칸, 나머지는 만화책 칸으로 분류했다. 동거인의 책이 생각보다 많았다. 내 책은 원래 나의 집이었던 지금의 작업실에 많이 남아 있어서 집에서는 책장 하나로 충분했다.

나는 습관적으로 책의 키를 맞춰서 꽂는다. 서점의 책장에서는 비슷한 부류와 함께 꽂혀 있던 책일지라도, 누군가의 집에 가면 비슷한 신장의 책과 함께 놓이거나 비슷한 시기에 산 책과 함께 놓이게 된다. 집에 소속된 책은 집에 사는 사람 고유의 방법으로 분류되는 것이다. 변형판도 마음껏 출간되는 한국의 책들은 그 크기가 갖가지다. 붙어 있을 리 없던 책이 우리 집에서는 오랫동안 짝꿍이 된 채로 머물게 되는데, 같이 있지만 전혀 다른 책들의 모습이 꼭 우리 집의 분위기와 닮았다. 그렇게 나란히 놓인 책들의 제목이 묘하게 이어질 때가 있다. 한 권의 책을 읽고 난 뒤 옆을 보면, 다음에 읽기 좋은 책이 놓여 있기도 하다. 예상치 못한 다음 책이 마치 내일처럼 다가온다.

한 지붕 아래에서 각자의 시간을 보낼 때가 있다. 나는 거실의 다이닝 테이블에, 동거인은 부엌의 식탁에, 그리고 키키는 침실의 침대 이불 속에서, 그렇게 각자 혼자를 닮은 시간을 보낸다. 넓지 않은 집이지만 충분히 넓게 지낼 수 있는 것은 각자의 시간을 분명히 보내고 있기 때문이기도 하고, 혼자가 된 상대방의 모습을 보면서 나에게 못 다한 안부를 묻게 되기 때문이다.

늦은 저녁, 부엌 식탁에 앉아 노란 조명 밑에서 책을 펼치고 있는 동거인을 보면 그제서야 '아, 나도 그 책' 하며 책장에 다가간다. 다이닝 테이블에 앉아 몇 분가량 나만 아는 이야기를 펼치고 있자면, 같은 집에서도 여럿의 세계가 생겨난다. 다이닝 테이블이 있는데도 부엌에 식탁을 두고자 했던 동거인의 마음을 이제야 알 것 같다. 자신을 계속해서 알아가기 위해서는 각자의 테이블이 필요한 법이다. 작업실에 각자의 책상에 앉아 오늘 자 업무를 보듯이, 집에서도 자신에게 딱 맞는 앉은키의 시간이 필요하다. 가끔 식탁에 쌓여 있는 책들을 쳐다본다. 어쩌면 그의 요즘을 나타내는 힌트가 그곳에 있을지도 모르기에.

누군가와 함께 사는 일이 아주 긴 소설을 두고 두고 읽는 일처럼 느껴질 때가 있다. 소설에서 살아가는 사람들이 종이를 넘고 넘어 나와 다른 선택을 하고, 나와 다른 시선으로 세상을 본다. 그럴 땐 그저 그렇구나 하면서, 또 다른 세계를 나에게 살짝 더해본다. 그런데 어떤 소설은 읽다가 멈추기도 한다. 도무지 나랑 맞지 않는 행동을 할 때, 이해되지 않는 말을 내뱉을 때, 어제와 다른 행동을 할 때. 소설의 한 대목을 읽고 나서야 내 삶의 한 부분이 제대로 조명되는 때가 있기도 하지만, 나를 기준으로 삼고 책을 읽다 보면 소설의 이야기에 집중하지 못하기도 한다.

어느 날, 도무지 좁혀지지 않는 문제로 동거인과 싸울 때 고개를 숙이고 생각했다. 나는 이 소설을, 이 사람의 더 깊은 페이지를 끝까지 읽어나갈 수 있을까. 정적이 흐르는 가운데 번뜩하고 날카로운 대답이 나에게서 출발해 나에게로 도착했다. 나는 이 소설을 끝까지 읽어보고 싶다. 그것이 오늘의 싸움보다도 중요하다고.

나는 아침을 세탁기와 시작하고, 밤에는 식탁에서 마무리하는 사람과 함께 살고 있다. 그런 루틴을 가진 소설이 내 곁에 꽂혀 있다. 얼마든지 다른 우리가 같은 집에서 이렇게 매일 만나고 있다. 같은 곳에 꽂힐 줄 모르고 살다 만났기에 우리가 다른 건 당연하다고 생각하자, 오늘 자 페이지가 부드럽게 넘겨진다.

> 세 가지 빨래가 있다. 다른 사람이 해주는 빨래, 스스로 하는 빨래, 그리고 다른 사람을 위한 빨래. 그중에서 내가 가장 좋아하는 빨래는 다른 사람을 위한 빨래다. 그때 빨래는 사랑의 다른 이름이다. 어쩌면, 모든 빨래가 이미 그렇다.
>
> _금정연, 「제 세탁 인생에 대해 말씀드리자면」 『지금은 살림력을 키울 시간입니다』(휴머니스트, 2021) 중에서

## 가끔 어딘가 망가진 기분이 든다

독립을 위해 처음으로 나만의 이사를 앞두고서, 가장 먼저 책장에 있던 책을 꺼내 노끈으로 묶었다. 많은 책 중에서 먼저 손이 간 건 만화책이었다. 1권부터 완결, 혹은 모은 권수까지 같은 판형과 같은 책등 디자인으로 되어 있으니 한 번에 묶기 가장 편해서였다. 하지만 한편 이는 묵직한 다짐을 드러내는 하나의 의식이기도 했다. 한때의 나를 만들어준 이야기를, 다음의 나에게도 보여주겠습니다. 이런 목소리를 이사할 집에 보내는 것이었다.

얼마 전 SNS에 책장 사진을 올렸더니, 누군가가 내 만화책

이야기를 꺼냈다. 자신도 그 만화책을 좋아한다는 반응이었다. 만화책이 찍힌 걸 미처 신경 쓰지 못하고 올렸다는 생각이 들면서도, 몹시 반가웠다. 이 만화책을 아는 사람이라면, 혹은 좋아하는 사람이라면, 우리는 어떤 면에선 비슷한 사람일지도 모른다. 그런 얄팍한 편견을 갖게 해준 만화였다. 그것도 어딘가 망가진 점이 비슷한 사람일 거라는, 제멋대로 치우친 생각.

가끔 어딘가 망가진 기분이 들 때가 있다. 마치 나사 하나가 핑그르르 빠져 있는 사람이 된 듯한 기분인데, 사실 그 나사가 없어도 딱히 문제는 없다. (사람에게 나사라는 게 있을 리 없지만, 그렇게 비유해보자면 만화처럼 생기게 되니까.) 고등학생 때의 나는, 같은 자리에 똑같이 나사가 없는 사람들끼리만 통하는 무언가가 있지 않을까 종종 생각에 잠기곤 했다. 이런 망가짐에 대해 생각하게 된 건 고등학교 내내 들었던 라디오 때문이기도 했다. 라디오 프로그램 〈고스트 스테이션〉에서는 게스트들에게 "어쩌다 망가지게 됐죠?"라는 공식 질문을 던졌다. 게스트는 대부분 음악가였기 때문에, 같은 말로는 왜 음악인이 되었고 왜 음악을 직업으로 삼으며 살고 있냐는 뜻이었다. 이 질문을 받은 사람들 대부분 껄껄 웃으면서 그 의미를 바로 알아차렸다. 비슷하게 망가진 사람들끼리 나누는 멋진 이야기를 들으며 낄낄낄 웃던 밤은, 몇 시간 뒤 어김없이 학교에 가야 하는 아침을 잊게 만들었다.

도쿄에 사는 친구 둘이 '언리미티드 에디션-서울 아트북 페어' 참가 차 서울에 왔다가, 떠나는 날 나의 집에 놀러 왔다. 1년 전에 같은 이유로 서울에 왔기에 두 번째 방문이었다. 이번에는 애니메이션과 만화 이야기를 하게 되었고, 나는 자연스레 책장에 조용히 꽂혀 있던 만화책을 보여줬다. 고등학생 때부터 발매일을 손꼽아 기다렸다가 한 권씩 소중히 모았던 만화책이었다. 내가 테이블에 놓기도 전에 어떤 만화책인지 알아본 그 둘은 금방 반가워했다. 국적은 달라도 비슷한 나이대에 좋아하던 만화였다. 그동안 몰랐던 서로의 시간에 한 걸음 다가간 듯했다. 어쩨 조금 전보다 서로의 몸이 더 가까워졌다. '이걸 좋아하는 사람이라면, 분명히 무엇무엇 한 사람임에 틀림없어'라는 공감대가 공기 중에 흘렀다.

실은 친해져야 선보이는 나의 취향 중 하나였기에 그 기쁨이 더 컸던 것 같다. 어째선지 만화책을 구입하면 곧바로 가방 안에 숨겨 넣고 집에 와서 몰래 비닐을 뜯던 나였다. 아무에게도 들키지 않았기에 내 취향이 더 좋아지던 나이였으니까. 만화책을 사자마자 가방 안 깊숙이 집어넣고 집으로 돌아가는 버스를 타고서 창밖을 보는 내내 새 만화책을 생각했던 나. 이제 그 기분은 흐려질 대로 흐려졌을뿐더러 만화책을 사던 책방 또한 없어졌다.

서로 태어난 나라도 다르면서 같은 만화책을 훑어보며 "아 그립다"라는 말을 뱉었다. 친구에게는 이런 추억이 있었다.

"학교에 이 만화책을 가져오는 애가 꼭 있었어. 수업 시간에 모두가 돌려 봤지. 그래서 수업 중에 꼭 '풋!' 하고 웃음소리가 들렸어. 그럼 아, 저 녀석 지금 읽고 있구나, 그 부분이구나 하고 모두 조금씩 웃었어."

나는 이런 추억을 이야기했다.

"고등학생 때 읽으면서, 왠지 이 만화책을 좋아하는 사람이라면 분명 사소한 뭔가에 실패해본 사람일 거라고 혼자 멋대로 생각하면서 모르는 그 사람들과 이어져 있다고 느꼈어. 이 책을 발행한 출판사에도 분명 이상한 사람이 있었겠지? 나는 그 덕에 이걸 읽을 수 있었겠지."

또 다른 친구는 캐릭터 이름을 하나씩 읊으며 번역된 이름과 같은지 물어왔다.

"그럼 냔표는?"

"냔표? 아! 냥표야!"

"와, 같구나."

"같다!"

어디서든 같은 나사가 빠진 채라 이상하게 망가진 친구들이 존재한다. 나이가 달라도, 도시가 달라도, 어린 시절이 달라도 취향이 같음을 그럴 때 발견한다. 좋아함에서 시작된 감정으로 일상이 묘하게 멍든 것처럼 되었을 때 다소 기뻐하는 의미를 담아 '망가졌다'라고 쓴다. 좋아하는 것을 계속 보고, 계속 듣고, 계속 즐기지 않으면 안 되는, 그런 상태를 뜻한다. 가끔 창피함을 동반하는 취향이 고개를 내밀 때가 있지. 그것도 나다. 그리고 그런 나로 지내다 보면 생겨나는 이런 하루가 존재한다.

이 만화책을 만난 건 고등학교 미술부 선배의 버디버디 아이디가 시작이었다. 듣도 보도 못한 단어가 적혀 있기에 나중에 물어보았더니 무척 쑥스러워 하면서 답해주었다. 추측할 수도 없던 단어의 뜻은 선배가 좋아하던 만화책의 주인공 캐릭터 이름이었다. 당시 고등학교 1학년이었던 나는, 만화라면 누구보다도 많이 읽고 있다고 자부할 수 있었다. 오빠와 함께 만화책을 빌려다가 방에 쌓아두고 보는 게 일상이었으니까. 그런 내가 처음 듣는 책 제목이었다.

"사실… 내가 제일 좋아하는 만화거든. 너도 좋아할지도 모르겠다. 근데 싫어할지도 몰라. 한번 읽어봐."

쉬는 시간이면 과자를 건네주러 달려오던, 나에게 한없이 잘 해주는 인생 첫 선배가 하는 말에 마음이 움직여서, 그날 바로 만화 대여점에 갔다. 선배의 아이디가 등장하는 만화책이 정말로 있었다. 진짜로 있다는 사실만으로 웃겼다. 몇 권

빌려봤는데 이번엔 그 내용이 어이가 없어서 웃었다. 전에 없던 전개 방식에 놀라면서도 완전히 빠져들었다. 그렇게 같은 시리즈를 계속 빌려 읽고 있었는데, 어느 날 주인아저씨가 기분 좋은 말투로 말을 걸었다.

"그 작가 신작이 최근에 나왔거든? 그것도 좋아할 것 같은데 한번 읽어봐. 훨씬 재밌더라."

그날부터였다. 거의 20년 동안, 다른 마을로 옮겨 다닐 때마다 가장 먼저 챙기는 만화책을 만난 게. 어디까지 같이 가나 보자. 그런 마음으로, 늘 노끈으로 제일 먼저 꽉 묶고 새 공간에 제일 먼저 옮겨두는 나의 짐이 되었다.

이번 집에는 눈에 잘 보이는 곳에 꽂아두었다. 가끔 떠올리는 에피소드가 있으면 몇 권에 있는지 한 번에 맞추기 놀이를 하면서 쏙쏙 빼서 읽곤 한다. 방을 오고 가며 눈높이에 맞춰 진열된 내 인생 교과서를 바라보면서 요즘도 종종 비밀스럽게 웃는다.

# 만화책을 기다리는 일

만화책은 “읽다”라는 동사만으로는 부족하다. “아끼다”가 붙어야 한다. 나는 만화책을 늘 아껴 읽는다. 특별히 아끼는 만화책이 있기도 하고, 어떤 만화든 야금야금 아껴 읽으려고 노력한다. 마음이 내달리는 대로 읽자면 얼마든지 빨리 읽을 수도 있지만, 그렇기에 놓칠 요소가 많은 게 바로 만화책이다. 흥분을 감추지 못하고 빨리 읽어버렸다면, 마음을 가다듬고 다시 느리게 읽는다.

여러 문장으로 설명할 장면을 단 한 컷에 담아 묘사하고 있으니, 그 노동력에 대한 찬사를 어찌 단 몇 초만 보낼 수 있을까. 글을 읽을 때면 시간을 들여 장면을 상상하곤 하지만, 만화책은 친절히 그려진 그림에 모든 걸 맡겨버린다. 그림 한 컷의 구석구석에 이어질 이야기의 힌트가 되는 요소들이 숨어 있기도 하다. 그걸 알아챌 때의 감동이란. 꼭 만화책이 아니더라도 모든 책이 그럴 것이다. 자세히 보면 볼수록 읽히면 좋을 것들이 나에게 다가온다.

한편 만화를 좋아하는 건 기다림을 이해하는 일이기도 하다. 기다리는 시간을 잘 쓰고 싶기에 만화책을 더욱 아껴 읽게 된다. 이를테면 연재 만화가 출간이 되는 경우, 연재분을 모아 몇 권이 동시에 출간될 때도 있지만, 연재가 계속 이어지는 중이라면 보통은 한 권씩 출간된다. 게다가 그게 해외에서 출간된 만화라면? 그 나라에서는 최신호가 나왔더라도 우리나라에서 반응이 별로라면 그 책은 소개되지 않을 수도 있다. 이런 경우, 그 책에 이미 마음을 뺏긴 독자는 그간 마음속에 가꿔온 이야기가 잘려나가는 상실을 맛본다. 두 손을 땅에 대고 엎드린 채로 엉엉 울자면 울 수도 있을 만큼 슬퍼진다.

"아예 처음부터 보여주질 말던가… 요!"

엉엉 울며 문을 두드리는 마음으로 책을 냈던 출판사에 외치려다가도 금세 나를 탓한다.

"제가 부족했죠. 저 읽을 것만 사면 안 되는 거였어요. 이 재미를 힘껏 소개하고, 인생 만화라며 외치고 다녔어야 했는데,

저로는 너무 부족했죠."

그래서 꾸준히 말하고 다니는 만화책이 있다. 원서로는 분명 5권으로 완결이 났는데, 국내에는 3권까지만 정발(정식 발매)된 채로 벌써 3년이 넘는 시간 동안 아무 소식이 없는, 나의 인생 만화책이다(좋아하는 만화책 TOP10에 들면 다 인생 만화책으로 칭하고 있다). 더는 가망이 없다고 보는 게 맞을지도 모른다. 하지만 기다릴 줄밖에 모르는 만화책 독자는, 이 슬픈 기다림의 시간을 더 다디달게 쓰고만 싶다. 나를 얼마나 기쁘게 하려고 이러시나 하면서 끝내 희망을 놓지 않고 있다.

원서를 사서 읽어야 하나 싶지만 금방 고개를 저었다. 아무리 만화책을 아껴 읽기 위해 천천히 읽는다지만 다른 나라의 언어를 느리게 번역해서 읽는 일은 완전히 다른 이야기다. 기왕 읽을 거라면 만화책의 세계 안에서 빠르게 또 멋대로 바뀌는 상황을 그때그때 알아채며 리듬감 있게 읽고 싶다. 리듬에 한껏 발맞춰서 흥겹게, 와중에 성실히 모든 것을 읽어나가고 싶은 것이다. 감동받거나 충격을 받아 멈추는 것은 너무 좋아도, 이해되지 않아 멈추는 건 절대 사절이다. 만화책 원서를 홀로 번역하며 읽어본 적이 있긴 한데, 그 속도가 빠르지 않다 보니 나 혼자만 한 박자 늦게 웃는 기분이 들어 마음이 쉬이 잠잠해졌다. 와중에 책 속의 농담을 알아들었다는 으쓱함까지 챙기느라 온갖 감정이 뒤섞이고 만다. 일행들 사이에 끼지 못하고 주위만 맴맴 돌다가, 사람들의 어깨 사이로 웃음을 겨우 끼워 넣는 기분. 하지만 가장 좋은 건 역시 원서를 잘 읽어내는 게 아닐까. 나는 또 나를 탓한다. 노력한다면 어깨를 비집고 들어갈 수도 있을 텐데, 언어를 완벽히 익힌 나를 상상하기란 어렵기만 하다.

기다리는 만화책이 있다는 건, 일상에서 틈틈이 웃으며 확인할 게 있다는 뜻이다. 기다리던 만화책을 사면 그제서야 이미 한참 전에 출간된 그 책의 전권(前卷)을 읽는다. 아끼던 만화책을 펼쳤던 밤이 있었다. 지금은 완결이 난 만화책의 4권이 당시 막 출간되어 그간 아껴둔 3권의 비닐을 막 뜯은 날이었다. 비닐을 벗기지 않았음은, 부러 읽지 않고 있음의 표시이기도 하다. 책을 들고서 테이블에 각을 잡고 앉아 감자칩 하나를 뜯었다. 감자칩을 씹으며 만화책을 넘기는데 자꾸만 다리가 벌벌 떨렸다. 지금의 순간을 한 페이지로 담는다면, 맥주가 더해져야 완벽해질 것 같았다. 기왕이면 자몽 맥주가 좋겠다는 생각이 들었고 곧 마음이 요동쳐서 다리가 떨리기 시작했다.

더는 안 되겠다 싶어서 자리를 박차고 일어났다. 맥주 네 캔이 딱 들어가는 빈 가방을 덜렁덜렁 들고 편의점까지 전속으로 뛰었다. 다른 건 보지도 않고 자몽 맥주 네 개를 척 척 척 척 담고 집까지 또 빠르게 뛰었다. 뛰는 와중에 골목마다 가로등에 비친 내 그림자가 어찌나 날뛰던지. 방금 읽은 만화책의 장면이 흐릿해질까 무서워 오두방정을 떨던 내가 웃겨 죽을 것 같았다. 자몽 맥주를 안고 뛰는데 자꾸 웃음이 났고, 그 와중에 사는 게 신나 죽겠다는 기분이 몇 초지만 느껴졌다. 아, 눈물이 다 날 뻔했다.

얼음 잔에 자몽 맥주를 따르고 다시 감자칩과 만화책의 시간. 몇 모금 마시면서 읽어나가니 밤이 둥글게 채워졌다. 맥주를 반 정도 마실 때쯤 책의 마지막 장을 만났고, 남은 맥주를 마시며 다시 첫 장을 펼쳤다. 만화책은 왜 이리 아쉬워 슬프면서도 또 동시에 웃으며 읽게 되는 걸까.

"자기에게 소중한 걸 소중히 할 수 있다니."

만화의 한 대사가 나에게 말을 건넸다. 대사를 읽는데 페이지를 넘기지 못하고 동공이 묘하게 흔들림을 느꼈다. 툇마루에서 모든 게 달라졌다고 말하는 이 만화책은 소중한 걸 소중하게 대하는 마음을 천천히 키워주었다. 그간 잘 키워왔다며 다정하게 웃어주었다. 나도 모르게 키웠던 나의 어떤 마음을 처음으로 칭찬받은 기분이 들기도 했다. 아껴 읽었기에 더 달콤했고, 만화를 만나기 좋은 순간을 살펴 펼쳤기에 더 와닿았던, 그 순간을 만든 나 스스로에게 고맙기도 했다.

그리고 동거인에게 이 만화책을 건네주었다. 속으로만 생각했다. 이미 완결이 났을 때 1권을 만난다니, 부럽기도 하고 또 조금 안타깝기도 하군. 3권까지 읽고서 책을 닫던 그가 처음으로 만화에 대한 이야기를 꺼냈다. 약간 울 것 같은 얼굴이었다.

"나, 이 세계를 좋아하게 된 것 같아."

어떤 시작은 이야기의 한가운데에서 일어나기도 한다. 우리는 그 순간을 만나기 위해 몰랐던 세계로 고개를 숙인다. 어쩌면 이야기는 내가 실제로 겪은 일보다도 내 안에 선명하게 남을지도 모른다. 그 자국이 언젠가의 나를 만들기도 하면서, 우리의 어떤 면은 느지막이 자라나지 않을까. 그렇기에 오래오래 만화를 읽으며 지내고 싶다. 나이가 들더라도 어떤 만화의 다음 권을 기다리며 지금과 닮은 하늘을 바라보며 앉아 있고 싶다. 툇마루에 앉아 느지막이 만화책을 읽기 시작한 유키 할머니처럼 만화와 나이를 함께 두기 시작한다면, 어쩌면 내 이야기 또한 어렸을 때 희망했던 분위기로 완결이 날 수 있지 않을까. 그때의 감상은 만화책 3권째에 동거인이 남긴 느린 후기를 닮아 있다면 더없이 좋겠다.

대충 85세쯤에 죽는다 치고, 앞으로 6권 정도인가. 뭐, 그 정돈가…. 아흔까지 힘내볼게요.

_쓰루타니 가오리, 현승희 옮김, 『툇마루에서 모든 게 달라졌다』 1권(북폴리오, 2021) 중에서

## 책으로 통하는 작은 문

한 권의 책을 쥐면 손에 꽉 들어찬다. 펼치기 전 꾹 다문 책의 면모를 살피며 책을 만지면 서걱서걱 소리가 나는 듯하다. 촉감으로 분위기를 읽고 두께감으로 독서 시간을 짐작하면서, 겉에서 만날 수 있는 요소들을 짧은 시간 안에 훑어보는, 책 안으로 들어가기 전의 즐겁기만 한 순간. 띠지에 누군가의 추천사가 짧게 발췌되어 쓰여 있는 경우라면 곧장 추천사 전문을 확인해본다(온라인 서점 상세 페이지에 전문이 실려 있는 경우가 있다). 추천사가 없는 책도 많지만 있는 경우라면 독자로서 반갑다. 모르는 책과 대화가 가능하다는 점에서 추천사는 친절한 요소이다. 뒤표지에 책으로 통하는 작은 문 하나가 더 달린 것이다. 책의 문이라면 당연히 표지지만, 작은 통로 하나가 달려 있는 집이라고 생각하면 책에 대한 기대감 또한 입체적으로 변한다.

책장에서 한참을 지내던 책을 꺼내 들고 추천사를 읽어본다. 오프라인 서점에서 구입할 때는 당연하고, 온라인 서점에서 구입할 때에도 추천사를 살펴보는 나에게는 몇 번째 독서가 된다. 아직 방문하지 않은 책이라도 추천사만큼은 읽고 또 읽는다. 책의 옷에 적힌 글을 읽는 것 또한 독서다. 읽을수록 책과 가까워지기도 하고, 언제 읽는지에 따라 다르게 읽히기도 한다. 어느 날, 오늘이다 싶어서 뒷문을 통해 책에 들어갔다가 소설 한 권을 한밤중에 다 읽고, 다시 뒷문으로 나온 적도 있다.

완독 후에 추천사를 다시 읽을 때면 저릿하다. 추천사를 쓴 이와 나에게는 그새 하나의 공통점이 생겼다. 같은 책을 함께 읽은 사이. 낯선 가게의 메뉴판만 읽다가 용기를 내어 들어가 맛본 한 그릇의 맛이 이럴까. 맛있게 한 그릇 뚝딱한 후에 다시 읽어보는 메뉴 이름이 전과 달리 내 것처럼 느껴질 때랑 비슷할까. 하나의 이야기를 끝마친 이 밤에 책 이야기를 나눌 수 있는 이가 존재한다는 것만으로도, 어두운 밤 불 켜진 집을 발견한 듯 마음을 놓을 수 있다. 이제야 뒤표지에 인쇄된 짧은 글이 고스란히 읽히며 책 속에서 만났던 장면들이 문장 곳곳에서 보인다.

책을 쓰게 된 덕분에 나도 추천사라는 글을 받게 되었다. 추천사란 누군가의 이름을 더해 더 많은 독자를 내 책으로 불러들이는 일이지만, 저자로서 추천사의 존재가 그리 단편적으로 느껴지지 않았다. 추천사가 단지 홍보를 위한 요소만은 아니었다. 독자에게 뒷문이 되어준다면, 저자에게는 방 맞은편에 보이는 다른 이의 창문이었다. 용기를 내어 내 방 창문을 열고 바깥을 불안하게 바라보고 있자니, 건너편의 창문에서 누군가가 끄덕여주고 있을 때 비로소 잦아드는 마음이었다.

지금까지 네 권의 책을 내고, 네 사람에게 추천사를 받았다. 『빵 고르듯 살고 싶다』는 사적인서점 대표이자 나의 소중한 친구 정지혜 님이, 『아직, 도쿄』는 오래도록 좋아하는 작가이자 내가 제작한 종이 제품을 선보이는 서점 유어마인드의 대표 이로 님이, 『오늘의 단어』는 내가 삽화 작업을 한 『어린이라는 세계』 저자이자 멋진 개 설탕이의 언니 김소영 님과 나에게 만화를 그릴 수 있는 맑은 용기를 전해준 만화가 수신지 님이었다. 이 네 사람의 추천사를 받을 때마다 조금씩 울거나 울고 싶어졌다. 나에게 가장 처음 도착한 책이라는 집 바깥에 있는 외부인의 후기였다.

한 권의 책을 만들기로 하고 그 과정을 지나는 동안 마음은 종잡을 수 없이 흔들린다. 출간 직전에는 나를 이렇게 선보이는 게 맞는지, 이제는 떠나보내야 하는데 지금 이야기를 매듭짓는 게 맞는지 도무지 알 수 없어서 출간 우울에 빠져든다. 문을 만들어두면 기다리는 입장이 되어 누군가 오긴 올지 막막하고, 문 앞에서 흘겨만 보고 가버리는 건 아닌지 전전긍긍한 감정에 시달린다. 그럴 때 도착하는 추천사들은 저마다 다른 온도의 힘을 주었다. 책에 쓴 적 없는 나지막한 나의 마음을 알아챈 추천사를 읽을 때면 "그래"라는 모양의 용기가 생겨난다. 사실 내게 필요한 건 이 한마디의 기운이라는 걸 조심스레 알게 된다.

책이 나온 후에도 출간 우울은 지속된다. 집 밖에 나가면 모르는 사람으로 가득한 거리를 잰걸음으로 서성이는 기분에 휩싸여 실제로 잘 안 나갈 정도다. 세상 사람들은 내가 책을 낸 줄도 모르는데 1인분의 먹구름 아래에서 괜히 시달리는 시기. 서점에 가서 용케 누워 있는 책을 볼 때에도 괜히 멀찍이서 보거나 책 가운데로 올라간 띠지를 조심스레 내려주고 얼른 집으로 돌아온다. 그 시기에도 나에게 도착했던 추천사를 읽어본다. 자신의 이름과 함께 나의 책을 소개하고 있는 이 작은 문들을 들여다보며 스스로를 찬찬히 안심시킨다.

몇 명의 추천사를 받아보게 될 때쯤, 나도 추천사를 쓸 기회가 생겼다. 첫 추천사는 삽화 작업을 한 단행본을 위한 짤막한 작업 후기였다. 프리랜서가 되면서 임진아라는 이름에 레이어가 하나 생겼다면, 추천사를 쓰기 시작하면서는 새로운 이름이 하나 더해졌다. '임진아'라는 세 글자만으로 무언가를 소개하고 있다니 여간 신기한 일이 아니다. 이름 석 자와 함께 작가, 삽화가, 만화가, 에세이스트 등 책에 어울리는 직업명이 붙는다. 어느 쪽이어도 상관없지만, 일러스트레이터라는 단어는 피해달라는 요청을 한다. 기왕이면 짧게 잘 써야 하는 추천사에 붙는 직업명이 일곱 글자나 된다는 게 아무래도 마음에 걸리기 때문이다.

감상이란 마음이 멋대로 하는 일을 언어화시키는 과정이다. 언젠가 친구에게 쓰는 일에 대한 어려움을 토로한 적이 있다. 머릿속에 느낌이란 건 분명히 있는데 그걸 표현하는 게 너무 어렵다고, 느껴지는 건 환한데 내가 서툴러서 문장이 되게끔 하는 게 더디기만 하다고, 문장이 말이 되는지 아리송해질 때가 있다고 말이다. 친구는 내 고민을 잠잠히 들어주더니 느리게 입을 열었다.

"표현하고 싶은 느낌은 있는데, 그게 어렵다는 거잖아. 근데 그걸 네 식대로만 잘 표현한다면 아무도 안 쓸 것 같은 문장이 나타난다니까. 그건 진짜 네 장점이야."

마음에 가만히 귀 기울였다가 단김에 표현하는 일 앞에서 여전히 긴 시간이 걸릴 때면 친구의 응원을 떠올린다. 내 식대로 잘 표현하면, 아무도 안 쓸 것 같은 문장이 나타난다. 이건 내 장점이다 하면서. 누구에게나 이런 가능성은 열려 있을 것이다. 과연 내 이름을 더하는 게 맞는가 싶은 추천사 의뢰라도 덜컥 승낙하는 것은 나도 알지 못하는 나의 힘을 새로이 만날지도 모른다는 기대감이 있기 때문이다.

앨범을 소개하는 소개문을 쓴 적도 있다. 이것도 일종의 추천사이자, 먼저 들어본 사람으로서 미리 듣기를 언어로 제공하는 일이다. 내가 노래를 들으며 글을 쓰는 일에 익숙하고 또 좋아한다는 걸 알고서 의뢰해온 것이다. 책의 추천사를 작업할 때 아직 책이 되지 않은 PDF 파일 형식의 글을 받는다면, 앨범 추천사의 경우 아직 앨범이 되지 않은 WAV 파일 형식의 노래를 받는다. 그 누구보다도 먼저 책을 읽는다는 기쁨만큼, 어디에서도 아직 울려 퍼진 적 없는 멜로디를 먼저 듣는다는 기쁨 또한 컸다.

코가손의 멜로디는 부르는 이와 듣는 이가 서로 쑥스러워지지 않는, 기운 내지 않아도 되는 일상적 응원가다. 어떤 곡이든 오늘에 맞는 시작이 될 테다.

코가손의 '모든 소설'이라는 앨범에 내 글이 조용히 자리했다. 앨범을 듣는 사람들이 전부 읽진 않았겠지만, 노래에 대해 이야기 나누고 싶은 사람이라면 읽었을지도 모른다. 누군가가 '맞아, 정말 그래'라는 단순한 끄덕임을 보내온다면 얼마나 좋을까. 실은 노래에 대해 쓸 수 있는 기회가 생겼기에 나 또한 새로이 깨닫게 된 감상이었다. 나는 지금도 종종 응원가가 필요할 때면 조용히 이 앨범을 재생한다.

노래를 소개할 때든 책을 소개할 때든 같은 마음이 자리한다. 조그마한 투명한 통에 어떤 글과 단어를 담을까, 어떻게 소개하면 좋을지 휘휘 흘러가버릴지도 모르는 감정들을 언어로 가로채려고 고심하는 오밀조밀한 시간. 물건 정리는 잘 못하는 내가 이 세상에서 가장 좋아하는 정리의 시간이다.

## 좋아하는 책 속의 좋아하는 소품

점심을 먹고 식당을 나서려는데 책방에 가고 싶어지는 날이 꼭 있다. 통계적으로 한 주에 한 번 정도인 것 같다. 왠지 식사가 만족스럽지 않은 날이면 더욱이 책방을 떠올린다. 그날도 그랬다. 마침 식당에서 조금만 더 걸으면 좋아하는 책방이 있어서 산책을 길게 하기로 했다. 자주 방문하는 책방이지만 진열된 책 종류도 다양하고 수도 많아서 갈 때마다 새롭다. 아마도 이 책방은 한 달에 두 번 이상 방문하는 독자를 대상으로 서가를 정리하고 있는 건 아닐까, 혼자 짐작을 해보았다.

지난번 방문했을 때에는 눈에 들어오지 않았던 책이 눈에 들어왔다. 책등에 적힌 제목이 마음에 들어서 뽑아 들었는데 판권 페이지를 살펴보니 두 달 전에 출간된 책이었다. 동네 책방은 모든 신간을 바로 입고할 수 없으니 가능한 만남이었다. 제목에 이어 책 구성과 참여 저자들이 마음에 들었지만 표지가 아무래도 어려웠다. 제목 서체, 표지 그림과 색감, 그림이 전하는 내용까지도. 전체적인 장정이 아쉽기만 했다. 이런 생각에 한번 빠지게 되면 책을 보고 있으면서도 사실상 보지 않는 것이나 마찬가지다. 그래서 나도 모르게 손으로 표지 여기저기를 가리면서 이러면 조금 나아졌을까 생각해보기도 했다. 이렇게 마무리된 책일 뿐, 표지가 책의 내용을 온전히 대변하는 건 아니다. 책을 훑어보면 볼수록 궁금해져서 시간을 갖고 살펴보고 싶어졌다. 표지는 어려웠지만 책방에서 우연히 만난 책 치고는 마음이 빠르게 열린 편이었다. 종이 샘플 박스에 있는 쓰임이 없는 얇고 예쁜 종이들을 떠올리면서 책을 안아 들었다.

작업실에 돌아와 서너 시간 열중하여 일을 마무리했다. 오전에 작업을 대략 마무리해둔 덕분에 오후 시간을 알뜰하게 쓸 수 있었다. 작업을 거의 다 했다고 해서 일이 금방 끝나는 건 아니다. 메일을 보낼 수 있도록 파일을 정리하는 게 언제나 쓴맛으로 남아 있다. 정리에 대해서는 약하기만 해서 이 작업이 늘 오래 걸린다. 그림을 그리고 글을 다듬는 건 계산으로 환산하려 들지 않지만, 송고를 위한 정리 작업은 어째선지 기어코 시간을 재고 싶어서이기도 하다.

그렇게 메일에 첨부할 수 있는 파일로 만들고 작업 내용을 작성하고서 메일을 보낸 후 그제서야 의자에 기대앉았다. 일단 듣던 노래를 바꾸고 남은 커피를 입에 부으면서 산책길에 사온 책을 펼치는 둥 마는 둥 했다. 내 자리에 도착해 짐을 푼 책은 여전히 같은 옷을 입고 있다. 얇은 종이가 분명 어딘가에 많을 텐데, 어서 새 옷으로 갈아입히고 싶었지만 당장 에너지를 너무 쓴 탓에 몸을 움직이기가 귀찮기만 했다.

책에게는 미안한 얘기지만, 내 책상에서 가장 눈을 두고 싶지 않은 책처럼 생겼다. 책의 내용이 좋아서도 책을 사서 읽지만, 단지 아름답다는 이유만으로도 책을 사는 나는 책상 위에는 기왕이면 눈길을 두고 싶은 책 위주로 꽂아둔다. 그런 책상 위에 내 취향에 걸맞지 않은 표지를 입은 책이 있으니 유독 눈에 띌 수밖에. 하지만 이미 내가 선택했다면 피하는 방법은 단 하나다. 책을 펼치면 표지가 보이지 않는다. 모든 책을 펼치면 책의 안쪽만 보인다.

본문의 분위기는 책방에서 넘길 때보다 좋게 다가왔다. 부드러운 내지도, 무심히 놓인 사진도, 내지 종이가 주는 편안함도 좋았다. 무엇보다 서체 크기가 마음에 딱 들어서인지 글이 금방 금방 읽혔다. 술술 읽히는 기분이란 언제나 산뜻하다. 내 안에 고민거리가 덜 쌓인 기분이 든다. 글 몇 편을 읽고서 어째선지 마음이 잠잠해졌다. 서울 합정과 망원 사이 건물 5층에서 회사생활을 했을 때, 갑자기 지어진 메세나폴리스 건물에 당황했던 게 생각났다. 어렸을 때부터 지나다니던 동네에 너무 큰 건물이 생겨버려서 난데없이 당황스러웠다. 뾰족뾰족하게 생겨서인지 어딜 가나 그 건물이 보였다. 점심을 먹고 산책을 하는 작은 골목마다, 어디로 길이 나 있든지 상관없이 풍경의 끝에는 메세나폴리스가 보였다. 무엇보다 5층 사무실, 내 자리에서 잘 보였다.

어느 날, 퇴근을 앞둔 오후 시간이었다. 나는 아직 내 얼굴이 비치기 전의 창밖으로 메세나폴리스를 바라보면서 한 가지 엄청난 사실을 발견하고는 이상한 기쁨을 느꼈다. 지루한 오후 시간을 마저 정리 중인 팀원에게 다가가 신나서 입을 열었다.

"메세나폴리스를 안 보는 방법을 알아냈어요!"

"그게 뭘까."

"메세나폴리스에 사는 사람은 메세나폴리스가 안 보여요."

회사생활에 딱 어울리는 코웃음을 치며 진짜네 진짜야 하는 말들이 돌아왔다. 어둑어둑하게 가라앉는 퇴근길에 버스를 타러 메세나폴리스로 향하며, 나는 내가 발견한 방법으로 메세나폴리스를 안 보는 경험은 할 수 없을 거라고 생각했지만, 더는 별다른 기분을 느끼지 않기로 했다.

그래서일까. 오늘 산 책인데도 다 읽고 싶어져서 거의 다 읽어버렸다. 덕분에 오래 마음에 담아둘 문장도 얻었고, 내일 아침에 눈을 뜨면 곧장 눈을 갖다 대고 싶은 글귀도 만났다. 좋아하는 책이 아닌, 좋아하는 소품이 생긴 기분이었다. 좋아하는 글이 조각조각 담긴, 표지만 조금 취향이 아닌 책으로 내 곁에 남았다. 그때 나는 처음으로 좋아하는 책이 있다는 말보다, 좋아하는 소품이 있다는 말을 자주 해보고 싶다고 생각했다. 어떤 작가를 말할 때, 책 제목보다는 그 안에 작게 마련된 짧은 글을 아주 잘 설명하는 사람으로서 말이다.

그날 밤, 집 책장을 서성이면서 책싸개로 모습을 감추고 있던 책들을 살펴봤다. 곱게 싸여진 책싸개를 살짝 들춰보니 일 년 전에 사둔 책이었다. 이 책, 갖고 있었구나? 아무래도 잘 안 읽혀서 친구에게 줬다가 며칠 뒤 다시 샀던 책이었다. 그대로 책싸개를 벗겨버렸다. 오늘 산 책에게는 여전히 미안한 마음이지만, 책을 더 좋아하고 싶어서 방금 생긴 구깃구깃한 책싸개로 표지를 가려버렸다. 왜인지 한 손에 더 부드럽게 잡히는 기분이었다. 책을 만든 사람들로부터 결정된 표지이지만, 어떤 책의 표지는 독자가 이렇게 마음껏 선택할 수도 있다. 종이로 만들어졌기에 가능한 일 아닐까.

표지를 처음 볼 때면 난 감동스럽기도 하지만 늘 당황스럽다. 표지가 설득력이 있고 흡인력이 있더라도 우리 사이에는 늘 차이, 불균형이 있다. 표지는 이미 내 책을 알지만 나는 아직 표지를 모른다.

_줌파 라히리, 이승수 옮김, 『책이 입은 옷』(마음산책, 2017) 중에서

## 책을 닮은 사람

책을 향하는 마음은 책을 닮았다. 책을 읽는 모습은 꼭 펼쳐진 책 같고, 책방이 열려 있는 모습은 꼭 저마다 다른 책의 표지 같다. 책이 읽고 싶을 때면 조용히 마음속에 빈 평대가 생기고, 책을 읽는 순간마다 한 페이지씩의 책장이 빽빽해진다. 매일 책을 읽지 않더라도 책을 향하는 마음이 지속된다면, 책을 닮은 사람으로서 한 장 한 장 다르게 넘겨지며 어제보다 두툼한 내가 될 수 있다. 나는 그런 믿음을 갖고 있다.

그런 사람이라면 매일 반복되는 하루라 할지라도 어느 날에는 반드시 서점 쪽으로 향하게 된다. 꼭 오늘 가려던 게 아니더라도 자연스럽게 서점을 향한 마음의 문 하나가 열린다. 그저 조금 걷고 싶고, 하염없이 무언가를 바라보고 싶고, 예정에 없던 시간을 만나고 싶고, 지금 내 안에서는 도무지 아무것도 새롭게 피어 나오지 않을 것 같은 날이 그렇다.

평일 오전, 일찍 작업실에 나와 오늘 자 해야 할 일을 처리하다가 점심시간에 다다랐을 때면 점심 메뉴와 함께 동네 서점이 세트로 붙는다. 목적은 단지 어슬렁거리기에 있지만 사실 내심 바라는 게 하나 더 또렷하게 있다. 지금 내가 모르는 이야기를, 들고 나오고 싶다.

동네 서점은 더 이상 누워 있거나 세워져 있지 않을 것 같은 구간이 여전히 반짝이는 곳이다. 이런 동네 서점은 딱 내가 좋아하는 책 표지의 분위기와 닮았다. 잘은 모르겠지만 이상하게 마음이 끌리는, 화려하지 않지만 지금 나에게 딱 좋은, 한 손에 들기 좋고 보드라운 책. 어슬렁거리다 보면 왜인지 눈에 들어오는 책이 있게 마련이다. 어째서일까, 왜 이런 제목에 끌리는 걸까, 어쩌면 그 답을 나와 책은 알고 있는지도 모른다.

오래간만에 쉬는 날에도 책으로 마음이 향한다. 평일이지만 지난 주말까지 빡빡하게 일했기에 온전히 쉬는 평일을 나에게 선사한 날이면 대형 서점의 한쪽에 나를 꽂아놓고 싶다. 마치 아주 두꺼운 책에 멋지게 끼워둔 얇은 책갈피처럼. 버스를 타고 대형 서점에 도착하면 이제 그다음부터는 나를 그저 내버려둔다. 장소는 정해졌으니 '이제 마음대로 다니고 마음대로 골라'의 시간이 시작된다.

꼭 이 세상 모든 책이 있을 것 같은 종이의 세계에 도착하면 나는 한없이 작아지고 모처럼의 이 감각이 좋아서 신이 난다. 입을 꾹 다문 채로 몇 시간이든 나를 내버려두면 어느 샌가 한 코너에 철퍼덕 앉아 있다. 그곳은 요즘 내가 완전히 잊고 지냈던, 실은 내가 향하고 싶던 공기로 그득하다. 어쩌면 빵을 만들지도 모르는 나, 어쩌면 시금치에 다른 간을 더해서 저녁 테이블에 올려놓을지도 모르는 나, 어쩌면 소도시로 여행을 갈지도 모르는 나, 어쩌면 방 구조를 바꿀지도 모르는 나. 그럴지도 모르는 나를 만나면서, 나는 내일이면 넘겨지는 새로운 페이지를 다르게 떠올려보게 된다. 어쩌면 가장 나를 닮은 시간을 서점에서 다시금 만나는 건지도 모른다.

서점에서 누리는 시간은 저마다의 시간을 닮았다. 같은 공간일지라도 가지고 나오는 책이 다르듯이, 서점에서 꾸려지는 하루도 다르다. 책의 세계는 그만큼 크고 책과 사람이 더해지면 각각의 세계 또한 서로의 힘으로 얼마든지 넓어진다.

어떤 사람이 되고 싶으냐는 질문에 선뜩 답하지 못한다면, 어떤 책을 닮고 싶으냐고 조금 고쳐보자. 어쩌면 그리고 싶은 내 모습이 책으로는 금방 떠오를지도 모른다. 나는 서점의 작은 코너에서, 누구나의 생활을 응원하는 한 권의 책으로 언제까지나 꽂혀 있고 싶다. 그런 책을 닮은 나를 꿈꾼다.

이 책 찢어져 있네.

나한테 와서 다행이다.

# 마음의 절취선

# 수수하다는 단어의 색

싱어송라이터 메이 에하라(mei ehara)가 부른 〈수수한 색〉(地味な色)이라는 곡을 듣고 있다. 제목 때문인지 시작하는 멜로디부터 수수하게 느껴진다. 노래를 재생하기도 전에 제목만으로도 마음에 들었다. 그런데 일본어 수업 시간에 '수수하다'라는 단어를 배우고 나서부터는 그 단어를 마냥 편하게만 마음에 들이지는 못하게 되었다. 수수하다는 말은 그다지 칭찬으로 쓰는 표현이 아니고, 좋은 의미로 쓰더라도 받아들이는 입장에서는 다르게 느낄 수 있다는 것이었다. 그러고 보니 수수하다는 말은 특정한 상황이 곁들여질 때 비로소 고유의 의미가 생겨나는 표현이었다. 그래서인지 이런 곡이 존재한

다는 것에 더더욱 안도감을 느꼈다. 이 곡은 분명 내가 아는 그 수수함을 노래하고 있었다.

언어를 배울 때 선생님의 그런 한마디들이 꼭 필요하다. 적어도 친구와의 대화 중에 일어날지도 모를 작은 실수를 피할 수 있다. "오늘 옷 예쁘네!"라는 친구의 말에 괜히 "수수하지?" 따위의 말을 하지 않을 수 있다. 또 일러스트레이터인 친구의 그림을 보며 "수수한 색이 참 좋다"라는 식의 말이 아닌 다른 표현으로 감탄하려 들 테다. 나로서는 기분을 무척 느긋하게 만든다는 의미에서 한 말일지라도, 듣는 이는 자칫 아리송해할지도 모른다. 적어도 친구가 내 말을 집으로 가져가 홀로 다시 떠올려보지는 않게 하고 싶다.

하지만 누군가 내 그림을 보고 수수한 느낌이 좋다고 한다면 어떨까. 나는 그저 마음 놓고 웃어 보일 수 있을 것 같다. 나는 늘 '낙서 같은 그림인데 느낌이 좋다'라거나, '나도 했던 생각인데 이렇게 문장으로 쓰여 있으니 왠지 위로가 된다'라는 평을 가장 큰 칭찬으로 삼고 있으니 말이다. 어쩌면 그간 나는 '수수하다'라는 단어를 한정적으로 사용해왔는지도 모른다. 나를 부끄럽지 않게 자랑하는 표현으로만 말이다. 꾸밈이 없고 거짓이 없는 분위기를 뜻하는 이 표현을, 나는 나를 꾸밀 때에만 사용해왔던 건지도.

매일 언어를 새롭게 시작하고 싶다. 하나의 단어에 관해 내가 아는 범위를 초월해 신경 써보는 것, 그것이 매일 언어를 새롭게 시작하는 일이다. 모두가 그렇다면 얼마나 좋을까. 좋아하는 영화를, 책을, 음악을 그리고 그 비슷한 것들을 다시 마주했을 때에 무엇이 좋았는지를 보다 정확히 알게 되는 것처럼, 우리는 살면서 써온 말을 계속해서 새롭게 마주 봐야 한다.

사는 내내 단어를 오해하며 산다. 내 입을 통해 나온 단어는, 그 통로가 하나라서 점점 의미가 단출해진다. 어느새 사전적 의미와는 거리가 멀어졌다는 걸 알게 될 때 언어로부터 작아진 나를 보게 된다. 내 세상에만 비추어 단어를 사용할 때의 나는 꼭 내가 싫어하는 모습을 하고 있다. 쉽게 판단해버리는 나, 멋대로 단정 지어버리는 나, 타인을 한 면으로만 기억하는 나. 단어를 자꾸만 새것처럼 쓰다 보면 정말로 나의 언어가 되지 않을까. 차곡차곡 나의 사전에 쌓일 단어들은 그 의미는 그대로 품고 있되 얼마든지 풍부해져 있으면 좋겠다.

언젠가 수수한 색이라는 말이 온전히 내 것처럼 느껴진 날이 있었다. 오래전부터 좋아해온 시인과 단둘이 만난 때였다. 곧 출간될 산문집에 내 그림이 함께 놓이게 된 것이 계기였다. 삽화 작업에 앞서 저자와 일대일로 대화를 나누게 된 건 처음이었다. 삽화가로서 내내 바라던 시간이었다. 책 표지 그림이나 본문 삽화 작업에 대해 저자의 의견을 전달받거나, 내가 먼저 저자의 분위기를 물은 적은 있었다. 이를테면 저자의 캐릭터와 함께 개 그림을 그릴 예정인데, 혹시 그것을 원치 않거나 고양이 그림이 더 나을지 등을 확인하는 정도였다. 작업 전에 그림의 방향에 대해 저자와 함께 얼굴을 마주 보고 이야기를 나누는 시간은 좀처럼 꾸리기 어렵다는 걸 알고 있다. 삽화 의뢰는 대부분 그다지 일정이 여유롭지가 않고, 내 입장에서도 미팅이 많아지면 곧 시간을 쓰는 일이 되니까. 하지만 표지 작업과 삽화 작업이 끝난 후에 저자의 코멘트를 듣지 못한 경우에는 내내 마음이 흔들거렸다. 혹시 마음에 들지 않는 부분이 있으면 어쩌지 하는 마음은 어쩔 수 없이 고개를 내민다.

시인을 만난 곳은 반 층 내려간 1층에 위치한 카페였다. 이상하게 떨려서 먼저 도착해서 여기가 맞을까 걱정하며 앉아 있는데 문이 반갑게 열렸다. 그리고 두 시간 동안 느린 박자로 빼곡하게 이야기를 나눴다. 그는 지금 사랑에 대해 공부하며 그것들을 쓰고 있다고 했다.

사랑. 나는 어쩌면 오랜만에 사랑이라는 단어를 경험했는지도 모른다. 지나가고 다가오는 모든 시간을 아껴가며 흘려보내는 마음 말이다. 실은 집을 나설 때부터 너무 떨려서, 난생처음으로 청심환을 찾았던 나였다. 평소에 무대에 설 일도 없고, 무덤덤하게 지내는 터라 청심환이 집에 있을 리 없어서 기분이라도 내려고 진통제를 꿀꺽 삼켰다. 다행히 두 시간 동안 떨리지 않았고, 지금까지 웃어 보이지 않은 쪽으로 자연스럽게 웃었다. 활짝 웃었다는 표현은 얼마나 싱그러운 말인지. 커피를 마시며 끼어드는 침묵은 달았고, 말이 성급하게 나오지 않아 발음도 모처럼 정확했다.

그는 내 그림을 아주 오래전부터 좋아해주었다. 나에게 무얼 주려고 한 건 아니었으니, 정확하게는 내 그림을 좋아해준다기보다는 좋아한다고 말하는 게 맞겠지만, 좋아함을 전달받은 것만으로도 나는 확실히 무언가를 받은 사람이 되었다. 그리고 그 기운은 맑은 응원이 되어 언제든 피어났다.

"헐렁한 느낌이 좋아요. 잘하려 하지 않는 기운이 좋고 부러워요."

내가 그랬던가 하고 나를 돌아볼 차례인데 어째 어느 순간마다 열심히 하려고 하는 그의 일상이 자꾸만 그려졌다. 그는 내가 건넨 편지를 내 앞에서 읽으며 이렇게 덧붙였다.

"이 글씨도요. 잘 쓰려고 하지 않는, 그간 그렇게 써온 글씨체예요. 너무 좋아요 정말. 나는, 잘 쓰려고 노력해서 지금은 굉장히 어른의 글씨체가 되었거든요."

나를 고스란히 들켜버린 것 같아 부끄러운 동시에, 그 읽힘이 너무나 경쾌했다. 나는 평소 너무나 좋아하는 시인에게 건넬 편지를 쓰면서도 결국은 쓰기 편한 글씨체로 힘을 빼고 쓰는 사람이다. 그림을 그릴 때 외에는 손에 힘이 잘 안 들어가서인지 내 글씨는 꽤 악필에 속한다. 나에게 글씨를 쓰는 일은 간단하지 않고, 힘쓰는 일에 속한다.

단지 글씨체가 이렇구나 하며 지나가는 게 아니라, 내 그림과 글씨체로 나를 바라보려고 하는 그의 시간이 내게는 사랑으로 느껴졌다.

"실은 잘 쓰려고 했는데 잘 안 됐어요. 친구가 저한테 그런 말을 한 적이 있거든요. 즐거울 만큼만 무리한대요. 결국 편지도 그렇게 썼어요."

"와. 정말 좋다 그 말. 즐거울 만큼만 무리한다는 말."

"정말 좋죠. 그런 말을 해준 친구한테 고마웠어요."

친구가 나에게 이 말을 해주었을 때 나는 파하하 하고 웃어버렸다. 친구는 나와 함께 회사를 다니고, 그 후에 같이 카페 아르바이트를 한, 사회에서의 내 내면과 외면을 모두 알고 있는 친구였다. 그 긴 시간 동안 나에 대해 조용히 꿰뚫어봤을 친구를 떠올리니 그 시절의 친구와 내가 귀엽게 느껴졌다. 나를 바라봐준 친구의 시선 덕분에, 내 편지로 나를 바라보는 이에게 수수한 대답을 할 수 있었다.

편지 귀퉁이에 그려 넣은 나와 시인의 캐릭터가 납작하게 웃고 있었다. 우리만 있던 카페에서의 장면 또한 비슷하지 않았을까. 그날의 순간을 색으로 말한다면 분명히 수수한 색, 그렇기에 어느 날보다도 진하게 기억될 하루. 훗날 출간된 책에는 나와 그가 서로 마주 보고 있는 그림이 아주 수수하게 인쇄가 되었다. 내가 그린 그림 중에는 가장 수수한 그림체로. 일부러 연필에 힘을 쥐고 그리고, 컴퓨터 작업을 하며 선을 이상하게 망가뜨려가며 작업을 했다. 가끔은 수수한 색을 엿보고 싶을 때 책을 펼친다. 표지에는 흐린 내 그림이 강한 자세로 서 있다.

> 말이 지닌, 그 부실함과 허약함과 손쉬움을 모르는 척하는 허약한 연결이 아니라 같은 감각을 쌓아가는 결속을 만들고 싶다. 정말이지 말밖에 안 보이는 세상이다.
>
> _김소연, 『나를 뺀 세상의 전부』(마음의숲, 2019) 중에서

좋은 얘기만
하는 거 아니에요.
좋은 얘기를
하고 싶어요.

# 후기 읽기라는 위험한 취미

매일 쓰레기와 싸우는 기분이다. 기왕이면 쓰레기를 덜 만들기 위해, 버릴 거라면 제대로 버리기 위해, 내 손에서 가뿐한 모습으로 떠날 수 있도록 분투하고 있다. 그렇다 보니 편의점에서 음료 하나를 고르더라도 곧 쓰레기가 될 모습이 떠오르고, 빵을 먹다가 남기고 싶어질 때면 음식물 쓰레기 봉지를 여는 내 모습이 그려진다. 쓰레기를 이렇게나 신경 쓰고 살지만 쓰레기는 하루도 거르지 않고 생겨난다. 쓰레기는 끝이 아니다. 잘 버려질 때에 비로소 새로운 과정이 시작된다. 그런 믿음이 있기에 쓰레기를 위해 시간과 마음을 쏟을 수 있다. 결코 사랑할 수는 없지만, 끝내 포기할 수 없는 그런 것.

어떤 쓰레기는 먹다 남긴 음식 위에 포개진다. 카페와 식당에서 쉽게 남겨지는 음식물 위에는 자리에 앉아 있던 사람의 호주머니와 가방에서 나온 쓰레기가 또 한 번 쉽게 더해진다. 각개 다른 분리로 배출해야 하는 쓰레기들이 한 그릇에 담겨버린 것이다. 버린 사람에게는 카페 분위기만 기억하며 작별한 쓰레기겠지만, 치워야 하는 사람은 그 장면에서 우뚝하고 멈춰 선다. 이럴 때면 인간들은 쓰레기란 것에 너무나 위트 있는 캐릭터를 부여하는 건 아닐까 싶다. 내 곁을 떠나자마자 알아서 갈 길 가는 쓰레기. 결국 또 다른 사람의 손으로 그 모든 쓰레기를 하나하나 집어야 한다. 쓰레기를 만든 김에 쓰레기를 더하는 짓은 인간만이 자연에게 저지르는 저주가 아닐까. 예상치 못한 쓰레기 앞에서 매번 마음이 우뚝 멎는다.

얼마 전에 인터넷 쇼핑몰에서 빵을 구경하다가 후기를 훑어보았다. 나는 후기 읽는 걸 좋아해서 뭐든 관심이 가는 게 있으면 관련 후기를 꼼꼼하게 읽어본다. 사용 설명서나 상세 이미지만으로는 알 수 없는, 훨씬 이해하기 쉬운 설명이 그곳에 있다. 빵에 대한 후기에서 얻을 수 있는 것은 1) 휴대폰으로 찍은 사진으로 빵의 식감이나 크기 등을 알아볼 수가 있다. 2) 어떻게 활용해서 먹었는지를 보면 대충 맛을 짐작할 수 있다. 3) 재구매 의사가 있는지 없는지의 여부로 빵의 만족도를 알 수 있다. 4) 사람들이 빵으로 무슨 이야기를 하는지 알 수 있다.

사람들의 빵 후기를 재미있게 읽다 보면 빵을 사지 않더라도 왠지 만족하게 된다. 호기심으로 산 빵이 입에 안 맞아서 내버려두다가 결국 버린 적이 몇 번 있었다. 후기만 마냥 읽다가 만족하고 나면, 그날 쇼핑은 쓰레기를 만들 여지가 없이 끝이 날 수 있다. 후기는 또 다른 독서라서 삶에 적용할 만한 이로운 점을 얼마든지 얻을 수 있다. 이제 그만 읽을까 싶어졌을 때 몇 개의 사진 후기를 눌러보았다.

그때였다. 빵 사진이 아닌 알 수 없는 쓰레기 사진 앞에서 빵 같은 마음이 우뚝 멎어버린 것이. 리뷰 이벤트에 한 번도 뽑힌 적이 없어서 짜증이 난다는 내용이었다. 사진 없이 글만 쓴 후기는 10원, 사진을 포함한 후기는 50원, 그리고 정성껏 쓴 후기는 선별하여 1,000원을 적립해주는 쇼핑몰이었다. 사진은 자세히 살펴볼 필요도 없이 그저 쓰레기 사진이었고, 그 밑에 "성의껏 써도 리뷰 안 뽑아줌. 시간 아깝고 기분 나쁨"이라고 적혀 있었다. 먹다 만 빵도 아니고 빵의 포장지도 아니었다. 자세히 보니 뭔가를 닦은 휴지가 다른 쓰레기들과 엉켜 있었다. 단번에 기분 나쁜 침이 고이면서, 빵 사진들로 차근차근 부풀어 올랐던 빵빵한 마음이 확 구겨졌다. 불만을 전하는 건 글만으로도 충분한데, 굳이 쓰레기 사진을 찍어 올릴 필요가 있을까. 사람의 마음이 얼마나 졸렬해질 수 있는지를, 그 마음이 엉뚱한 곳에서 비로소 발휘되어 이렇게 어딘가에 저장된다는 사실을 알게 된 순간이었다.

배달 앱의 후기를 읽는 것 또한 좋아한다. 업체에서 지정해 둔 사진만으로는 알 수 없는 정보들을 후기에서 알 수 있다. 배달용기가 어떤 재질인지, 쓰레기가 얼마나 나오는지, 맛있어 보이는지 아닌지. 일하다가 종종 배달 앱으로 주문해서 먹는 분식집이 있는데, 종이 그릇으로 배달이 와서 그 죄책감이 덜하다. 사실 이건 내 만족에만 그치고, 세상에는 아무런 도움이 되지 않는다. 하지만 어느 날의 나는 마감을 하면서 스스로 밥을 차릴 기운이 아무래도 없다. 그런 와중에 오늘의 내가 할 수 있는 일을 찾아서 하는 것만으로도 오늘이 덜 나빠진다고 믿는다. 이 믿음 또한 마음을 편하게 먹기 위함인 것 같아서 영 불편하긴 마찬가지이지만 말이다.

또다시 바쁜 날이 찾아 왔다. 모처럼 다른 걸 먹어볼까 하며 후기 사진을 보는데 음식 사진이 아닌 설거지통 사진을 만났다. 딱 보기에도 먹다가 남겨서 싱크대에 쏟아부은 모습인데 이런 글까지 적혀 있다. "너무 짜고 맛없어요. 다 버렸네요." 애써 내팽개치듯이 싱크대에 남은 음식을 내던지고, 굳이 사진을 찍어 휴대폰 용량을 채우고, 다시 배달 앱을 켜고 후기 쓰기 버튼을 눌러서, 부정적인 코멘트를 남기는 그 노력이 너무 가상해서 머릿속에 쯧쯧 소리가 울려 퍼진다. 그럴 수 있지, 그럴 수 있는데, 왜 그래야 할까. 이런 순간에는 휴대폰 화면을 확 꺼버리게 된다. 휴대폰 화면으로 주문을 하면, 귀여운 캐릭터가 음식을 들고 오는 걸 봐서 그럴까. 도무지 그 글의 끝에 나와 같은 사람이 앉아 있는 장면을 상상하지 못하는 것 같다. 서점을 운영하는 친구가 한 말이 있다. "[Web 발신] 문자 뒤에 사람이 있다"고. 배송 지연 관련해서 공지라도 할 때면 혼잣말 같은 욕설이 답장으로 온다고 한다.

후기 읽는 걸 좋아하지만 좋아만 할 수 없는 게 후기 세계의 현실이다. 위험하다는 걸 알면서도, 나는 임진아라는 작업자에 대한 후기를 종종 찾아본다. 1) 최근 나온 책의 반응이 궁금할 때. 2) 내 이야기가 어떻게 닿았는지 굳이 알고 싶을 때. 3) 일할 기운이 차려지지 않아 힘을 받고 싶을 때. 세 번째 이유가 가장 위험하다. 좋은 후기를 만났을 때면 자리에서 일어나듯이 기운이 차려지지만, 그 반대의 후기를 만나면 그날은 고개를 비스듬히 둔 채로 예능을 보며 하루를 접는다. 열 개의 좋은 후기를 보더라도 한 개의 좋지 않은 후기를 만났을 때 안 좋은 쪽의 후기에 마음이 집중되는 게 사람이다. 나도 겪고 나서야 알게 되었다. 좋은 후기를 읽을 때는 열리지 않던 마음 서랍이, 안 좋은 후기 앞에서는 벌컥벌컥 열린다. 이 후기를 굳이 담겠다고 아주 요란을 떤다.

기어이 나는 나를 바라본다. 나는 왜 나를 내보이며 사는지 모르겠다는 생각이 들면서 오늘 해야 할 일 앞에서 작아진다. 딱 책 한 권짜리 분량의 사람이 된 것 같아서 내 모습이 초라하게 납작해진다. 내가 쓴 어떤 글에 대해 '이런 건 슬픈 것도 아니지. 슬픔을 제대로 겪지 않은 사람'이라고 후기를 남긴 사람이 있었다. 어째서 한 사람의 인생과 10매도 안 되는 내 짧은 글이 붙어야 하는 걸까. 나는 그저, 각자 동시에 의자를 빼고 앉아 우리의 슬픔에 대해 함께 이야기 나누며 누가 먼저랄 것도 없이 위로를 나누고 싶은 마음이다. 누가 먼저 일어나든 간에 마지막에는 얼굴을 마주 보며 응원의 말로 자리를 파하고 싶다. 우리의 고통과 비극은 서로 비교하기 위해 마음 속에 남겨둔 건 아닐 텐데 말이다.

결국 쓰레기 취급을 하는 후기를 만났다. 여러 명의 여성 작가 이름을 함께 나열하며 모두를 한 번에 같은 분위기의 글로 묘사하고 있었는데, 그 안에 내 이름도 함께 들어 있었기에 검색에 잡혔다. 그런 후기에는 종이가 아깝다는 표현이 함께한다. 종이를 사랑하는 만치 종이를 아끼는 나는, 이런 후기에 상당히 마음이 동하는 게 사실이다. 왜 이럴 때만 종이를 아까워할까. 그 마음으로 박스에 붙은 테이프를 깔끔하게 떼어버린다면 좋겠다. 웬만하면 텀블러를 들고 다녔으면 좋겠다. 이미 그러고 있다면, 우선 나는 그를 좋아할 수는 있을 것 같다. 만약 세상에 나오지 말았어야 하는, 누군가를 혐오하거나 비하하거나 도덕적으로 잘못된 방향만을 이야기하는 책이라면, 마땅히 쓰레기가 되어야 한다고 생각한다. 하지만 그런 책들일까, 그런 작가들일까 묻는다면 내 대답은 아니었다. 왜 하필 여성 작가들의 책만을 언급했을까. 나는 괜한 마음에 시달린다.

"구린 이야기로 책을 만들다니. 지구에게, 나무에게 미안한 일이야."

그저 쓰레기 취급을 하면서 그 책 위에 올라 서 있고 싶은 마음으로 하는 말이라면, 한 번 읽은 걸로 족하다는 마음으로 분리수거를 잘 하면 되지 않을까.

쓰레기처럼 후기 또한 시작이다. 후기는 결국 나에 대한 기록이기에. 내가 먹은 것, 내가 필요로 했던 것, 내가 희망했던 것, 내가 읽은 것, 내가 들은 것, 내가 겪은 사소하고 어쩌면 대단한 것을 적는 일이다. 그 문장에서, 자신의 하루에 대해 얼마든지 새롭게 적어나갈 수 있지 않을까. 쉽게 지나쳐버리는 나의 세밀한 면모는 그렇게 기록되지 않을까.

오래전의 나는 달랐다. 무언가에 대해 후기를 남길 때, 불

룩 솟은 곳에 금방이라도 올라선 것처럼 어깨 기세등등한 자세였다. 누가 안 보겠지만 봐도 상관없다는 식의 태도를 보이며, 그래도 된다고 생각했던 시절이 나에게도 있었다. 지금은 무언가를 쓸 때 생각한다. 모르는 누군가가 보는 게 아니라, 적어도 내가 이걸 다시 본다고. 나중의 내가 나에게 부끄러워하지 않았으면 좋겠다고 말이다. 우리는 저마다 자신이 듣기 싫은 말을 알고 있다. 그 말을 하지 않기만 해도, 우리는 좋은 어른이 될 수 있다.

며칠 전에 대형 서점 에세이 코너에 서 있는데 지나가던 사람들이 말했다.

"요즘 에세이 너무 많지 않아?"

"나는 에세이 진짜 안 읽게 되더라. 일기던데 그냥?"

"나도 쓰겠더라."

이 한마디들로 얻어지는 게 무얼까 생각했다. 그 순간만큼의 자만(自滿)이 아닐까. 그렇지만 나는 또 나를 바라본다. 끝까지 한번 해보자고 다짐한다. 살까 말까 고민하던 책을, 누군가가 자신의 하루를 응시하며 쓴 에세이집을 들고 카운터로 향했다. "끝까지 한번 해봅시다"라고 말을 건네듯이, "자신을 빤히 바라보는 시간들을 잘 견딥시다" 하고 응원을 보내듯이, 좋아하는 사람의 에세이집을 나의 책장에 세워두었다.

다 읽으면 SNS에 후기를 남길 것이다. 결국은 나에 대한 이야기만 주절거리는 후기가 될 테지만, 그 덕에 깊게 생각해보지 않았던 내 이야기를 떠올려보게 될 것이다. 누군가의 내밀한 일기란 이미 지나간 내 모습을 다각적 시선으로 바라보게 한다는 점에서 더없이 필요한 글이다. 누군가에게는 읽을 여유가 없는 장르일지도 모르겠지만, 그럴 때에는 마음이 향하는 책에 손을 한 번 더 뻗는 게 자신에게도 긍정적이지 않을까. 나는 친구의 말을 빌려 이런 생각을 하며 에세이 코너에서 한참을 머물렀다.

"에세이 코너 속에 에세이 작가가 있다."

후기와 리뷰를 아주 빼곡하게 남기면서 이 삶과 매일 안녕하고 싶다. 내가 만든 쓰레기를 세상에 안전하게 내놓으면서. 그리고 내가 마주한 바깥의 쓰레기에서 인간의 뒷모습들을 끝내 읽어낼 것이다. 쉽게 두고 간 쓰레기를, 방구를 뀌듯이 놓고 간 욕설을 끝내 기억할 것이다. 나는 저주를 싫어하는 이상하고 성실한 마녀가 되고 싶은 건지도 모른다.

'쓰레기'라는 말을 좋아한다. '그런 건 다 쓰레기야', '나는 쓰레기야', '전부 다 쓰레기야'라는 말을 자주 한다. 소설을 쓸 때에도 '○○(조금 중요한 것)을 버리기로 했다', '○○을 휴지통에 버렸다', '○○은 쓰레기가 되었다' 같은 문장을 쓸 때 통쾌함을 느낀다.

어떤 단어든 '쓰레기'라는 말을 붙이는 것만으로 엉망으로 만들어버릴 수 있다는 사실이 몹시 흥미롭다. 지금껏 중요하다고 생각한 것을 쓰레기라고 부를 수 있다는 사실에 묘한 쾌감을 느낀다. 어감이 가벼운 것도 멋지다. '먼지', '부스러기' 같은 단어는 왠지 거부감이 드는데, '쓰레기'라는 말은 그냥 입에서 툭 튀어나온다.

_야마자키 나오코라, 정인영 옮김, 『햇볕이 아깝잖아요』(샘터사, 2020) 중에서

# 친구가 앉아 있던 자리

## 괜찮아, 살아 있고

밤이면 꺼내 들을 노래들이 필요하다. 좀처럼 잠에 집중하지 못하고 뒤척이게 되는 밤, 나에게 "잘 자요" 하며 말을 걸어주는 듯한 노래들을 차곡차곡 모아왔다. 그리고 그 플레이리스트에 '잘 자요 송'이라고 이름 붙였다. 하지만 그 곡들은 오히려 잠을 미루고 싶은 밤에 꺼내곤 했다. 잠이 오지 않는 밤이 찾아오듯, 잠을 잊고 싶은 밤도 불현듯 닥친다. 그러나 잠을 미루고 싶은 밤은 생각보다 조심스럽다. 노래에만 집중해도 되는 안전한 밤에야 슬며시 찾아온다.

종일 흐르는 대로 지내다 보니 당연히 밤이 된 것 같지만,

침대 위에 눕듯이 앉아 있는 나는 알고 있다. 마침내 무사히 맞이한 밤이다. 아무렇지 않은 밤 같지만 사실 하루도 거르지 않고 겨우 무사한 밤이다. 이 안전한 밤의 시간은 꼭 딱딱한 씨앗 같아서 나는 그 안에 들어가기 위해 찐득한 열매 속을 하루 종일 뚫어야만 한다. 겨우 씨앗 안에 도착하면 비로소 오늘의 밤이 되고, 아침이 되면 다시 열매 밖에 있는 것만 같다. 일상의 소름은 모두가 조용한 밤, 나의 머리 위에 찾아온다. 저릿한 기운이 느껴지걸랑 공포와 곁을 나누고, 동시에 안도가 잠자리에 깃든다.

언제 죽어도 이상하지 않을 세상이다. 저릿한 기운이 때때로 자리하는 이유는 지나온 경험 속에 분명히 존재한다. 내가 무사하지 못할 뻔한 이유는 여러 가지였다. 그날 거기에 있어서, 흰옷을 입어서, 힘이 모자라서, 창문을 열어둬서, 모처럼 신이 나서, 괜히 지하철 한 대를 그냥 보내서, 내일이 아닌 오늘 외출해서, 혹은 집에만 있어서였다. 단지 운이 나빴던 건지도 모른다. 태어나 보니 여자였고, 그저 내가 이 세상에 존재해서였다.

뒷목이 서늘해지는 시간은, 무사하지 못했던 날과 가장 반대편에 있는 날에 고개를 내민다. 괜히 베란다에 나가보고, 먼저 잠든 옆 사람의 얼굴을 들여다보고, 잘 닫힌 창문을 슬쩍 쳐다보고, 내 기척을 아직 느끼고 있는 졸린 개의 관심을 느끼며 안심을 한다. 그제서야 침대 바닥 어딘가에 떨어져 있던 이어폰을 휴대폰에 더듬더듬 꽂고 '잘 자요 송' 서랍을 연다. 씨앗 깊숙한 곳에 가장 안전한 방이 있다면 바로 여기다.

'잘 자요 송'에 모인 곡 중 가장 첫 곡의 제목은 '창문을 닫으면, 잘 자요'이다. 말 그대로다. 밤이 되면 방에 이따금씩 스며드는 어둠은, 안전하게 닫힌 창문 틈으로 빠져나간다. 안 좋은 생각 하나와 두 발을 뻗어도 되는 지금을 비교해야 안심하는 습관이 자리한 지 꽤 되었다. 나는 외출 후 집에 돌아오면 굳이 몸을 숙여 침대 밑을 살피고, 활짝 열린 채로 벽에 살짝 닿아 있는 문을 벌컥 잡아당겨본다. 아무도 없겠지만 확인을 해야만 한다. 가만히 있다가 주먹을 꽉 쥐어 보이는 습관도 마찬가지다. 나 스스로에게 강함을 간간이 확인시켜주기 위함이다.

그렇게 재생한 곡 하나가 방에 남은 어둠을 물리치고 온전히 존재할 때면, 두꺼운 이불만으로 나를 지킬 수 있는 힘이 생긴 것만 같다. 밤이 되면 왜 노래가 진해질까. 왜 이토록이나 나에게 깊숙이 자리할까. 노래는 스펀지처럼 밤의 기운을 흠뻑 빨아들인다. 나는 더 성능 좋은 스펀지처럼 밤과 노래를 동시에 맞이한다. 내가 미리 골라둔 몇 곡의 노래들은 어떤 밤에든 기필코 어울린다. 요란하게 복잡한 세상이 노래 하나를 위해 조용해진 것만 같다.

기다려온 시간이라는 걸 온몸으로 느끼게 되면 하지 않아도 될 재미있는 생각들이 내 안에서 뛰놀기 시작한다. 잠이 오는 걸 참아가며 가만히 듣다 보면 평안할 때에만 방방 점프를 해대는 내 안의 작고 소란스러운 존재들이 등장한다. 궁금한 걸 곧장 탐색하는 감각이다. 이 노래를 부르는 음악가에 대해 괜히 알고 싶어져서 휴대폰을 들어 톡톡 검색을 했다. 별다른 정보가 많지 않은지 음악가의 SNS 계정 링크가 구글 첫 페이지에 있었다. 이럴 때면 손가락을 집게 모양으로 만든 채로 멈춰 선다. 이것 또한 방문이라는 생각에 잠시 주춤한다.

열려 있는 문을 열듯이 조심히 들어가 보았다. 혹시 무언가를 눌러서 그에게 알람이 가지 않도록 동작을 최소화하며 손끝으로 분명한 긴장을 보냈다. 가장 최근에 남긴 짧은 문장이 어두운 방 안의 가장 밝은 화면 속에 입력되어 있었다. 적잖이 당황해서 몇 번이나 읽었다.

"괜찮아, 살아 있고."

어떤 때에 어떤 마음으로 남긴 문장인지 알 수 없었다. 적어도 그 음악가의 공식 계정이 아니란 건 알 수 있었다. 동일한 사람의 목소리와 멜로디를 들으며 사적인 메시지를 읽는 건 좀 아니지 않나 싶어 순간적으로 내가 싫어졌다. 그악스럽게 소비하고 있다는 생각이 점점 커져서 서둘러 빠져나왔다.

괜찮아, 살아 있고. 오늘 가장 밝은 빛을 내던 짧은 문장이 방에 가득 찼다. 이상하게 이내 안심했다. 괜찮다고 말하며, 살아 있음을 전하는 문장을 본 것만으로도, 나는 건너편에 앉아 그 말을 듣고 있는 사람처럼 가슴을 쓸어내렸다.

며칠 전 밤, 같은 자리에서 읽었던 책의 한 대목에도 비슷한 문장이 있었다. 소설가 마츠시타 나츠가 쓴 음식 에세이 『바다거북 스프를 끓이자』로, 자신을 살린 음식들에 대해 6년 남짓 연재한 후 펴낸 책이었다. 80개가 조금 안 되는 여러 음식들이 한 권에 똘똘 뭉쳐 있었다. 쌀로만 만든 주먹밥 같은 책에 고개를 기울여 읽다가 '태연자약 스튜' 꼭지에서 한참을 머물렀다. 태연자약 스튜는 콩과 채소를 듬뿍 넣고 보글보글 푹푹 끓여 만드는 스튜라고 한다.

친구는 재해를 입었다. 한여름까지 불편하고 부자유한 생활을 몇 개월이나 면치 못했다.

"이번 설날? 으음, 딱히 해줬으면 하는 건 안 떠오르는데, 평범한 설이 좋아."

친구는 담담하게 말했다.

"우리 집은 괜찮아, 모두 살아 있으니까."

친구의 입에서 나온 괜찮다는 말에 완만하고 드넓은 들판이 떠올랐다. 친구의 아들은 지진 이후로 귀가 들리지 않는다. 정신적인 충격 탓인 것 같다. 그럼에도 확실히 살아 있다. '괜찮아'라는 이름의 들판에서 토끼처럼 귀를 쫑긋 세우고 회복의 때를 기다리는 어린 남자아이의 모습이 보이는 듯했다.

_미야시타 나츠, 이지수 옮김, 『바다거북 스프를 끓이자』(마음산책, 2020) 중에서

괜찮다고 말하는 상황을 깊이 들여다보면 실은 괜찮지 않은 경우가 많다. 그 한복판에 서 있는 사람이 겨우 내뱉은 말로 우선 가만히 그를 살펴보게 된다. 힘든 시간을 지나 오늘에 서 있는 사람의 "괜찮다"라는 짧디짧은 인사말. 닫힌 창문이 지켜내는 방 안에서 두 다리를 뻗었을 때의 내 마음과 닮아 있달까.

괜찮다는 말은, 내가 나에게 혹은 나를 지켜낸 오늘에 건넬 수 있는 담백하면서도 묵직한 언어다. 밤에 찾아드는 구체적인 불안은 나를 아랑곳하지 않고 방을 휘휘 돌아다니다가 찾아온 모습 그대로 스르륵 사라진다. 그 뒤꽁무니를 보고도 이 밤을 버틸 수 있는 데에는 충분한 이유가 있다. 그간 이런 밤들을 한 밤씩 한 밤씩 굳이 꺼내 흐리게 우려온 시간들이 있었으니까. 기어코 살아내어 오늘 밤을 지켜낸 데에는 나의 공이 크다는 걸, 그렇기에 안심할 수 있다는 걸, 짧디짧은 "괜찮아"라는 문장으로 간신히 표현한다. 누군가가 담백한 말투로

"괜찮다"고 표하는 말을 그저 묵묵히 듣자고 다짐한다. 괜찮다고 말하는 마음은 그 짧은 말로 자신에게 촛불을 켜는 것과 같으니, 흔들리는 초를 가만히 지켜보는 게 먼저이고 뒤돌아 나의 시간 안에서 나를 바라보자고.

어떻게든 괜찮게 만들어야 하는 게 이 밤의 목적은 아니나, 무사한 밤은 그 밤을 보내는 나를 괜찮게 만든다. 노래 한 곡에 빠져들어도 되는, 다른 사람의 글에 마음의 귀를 기울여도 되는, 불현듯 생각난 것에 온 밤이 걷잡을 수 없게 휩쓸리지 않는, 불을 켜지 않더라도 아무렇지 않게 물 한 잔 떠올 수 있는 밤. 큰 목표 없이 산다고 생각했는데, 어쩌면 나는 매일 이런 밤을 목적지 삼아서 하루를 건너고 있는 건 아닐까.

하루 중에 펼치는 책들은 여러 카테고리로 나뉘는데 그중 잠잘 준비를 하며 거실의 책장에서 뽑아든 책에 이름을 붙이고 싶어졌다. '무사한 밤을 맞이한 걸 축하해 책'이라고 지어보면 어떨까. 씨앗 모양의 밤에 또 하나의 방이 생긴다.

언제 죽어도 이상하지 않을 세상은 변함이 없지만, 그것만의 세상은 아니다. 살아 있음, 그 사실만으로도 안심을 하며 불을 끄고 눈을 감는다. 어느 날은 누운 순간이 더 격하게 감동스럽기도 하고, 어느 날은 빨리 잠들고만 싶기도 하고, 어느 날은 지난밤보다 더 다디달게 느껴지기도 한다. 오늘 치 삶을 잠시 접으며 잠을 가까이할 때, 우리는 살아 있는 자로서 안심하게 된다.

어떤 날에는 나만 들리게 듣던 깊은 노래를 방 안 가득 채우도록 크게 틀어두고, 책도 소리를 내서 읽는다. 이제는 없는 사람, 있다 해도 영혼만 있는 사람, 그래서 보이지 않는 사람, 만나고 싶지만 만날 수 없는 사람이 혹시 내 방에 찾아왔을까 싶어서. 저세상에는 책도 음악이라는 것도 없을 것 같고, 이 세상은 점점 책도 노래도 혼자서만 누리고 싶어 들리지 않게 된 세상이니, 이때만이라도 이어폰을 뺀다면, 소리를 내본다면 기뻐하지 않을까 해서. 책은 몰래 읽어도 되지만, 들려주는 걸 가만히 듣고 있는 게 더 편할 것 같아서. 세상에 없는 사람에게 오늘 나의 무사함을 들려주고 싶어서.

나는 정말로 이 세상에 더는 없는 사람이 간혹 방에 있을지도 모른다는 생각을 한다. 키키가 아무것도 없는 벽을 빤히 바라보면, 더는 만날 수 없는 사람 중 가장 보고 싶은 얼굴이 곧장 떠오른다. 이 세상에는 더 이상한 일이 아무도 모르게 일어나고 있는지도 모른다. "꿈을 꾸는 세상이니, 이상한 일도 참 많아"라는 옛날 TV 만화 주제가를 따라 부르며 정말 맞는 말이라고 끄덕이던 나는 어른이 돼서도 같은 의미로 끄덕인다. 꿈이란 게 있는 걸 보면 이상한 일이 일어나는 건 너무 당연한 일이다. 보이지 않는 사람이 내 침대 끝에 앉아 있다거나 하는 생각은 오히려 현실의 진짜 공포를 다른 장르로 포근하게 바꿔준다.

침대 위로 올라갈 때 벗어둔 실내화를 내 쪽이 아닌 문 쪽으로 벗어두는 건, 나를 내려다보지 말라는 뜻이기도 하다. 하지만 기왕이면 양쪽을 나란히 둔다. 내가 만약 세상에 없어져서 투명한 몸으로 어느 방에 찾아간다면, 모처럼 실내화가 놓인 자리에 서 있고 싶을 것 같다. 내가 잠들어서 아무도 없는 거실에도 종종 책 한 권을 펼쳐둔다. 기왕이면 내가 재밌게 읽은 페이지로. 펼친 책 앞에 다소곳이 앉아 이승의 문장을 만나는 투명한 이를 상상한다. 나는 이 상상이 매일의 가장 무서운 공포면 좋겠다.

## 아무런 취향

고등학생일 때만 해도 노래를 듣기 위해서는 시디플레이어를 챙겨 나왔어야 했다. 개인의 취향이 사물로 보이던 시절이었다. 시디 열 장이 들어가는 플라스틱 보관함에 오늘 듣고 싶은 열 장의 앨범을 챙기고, 시디플레이어 안에는 등굣길에 들을 시디를 넣었다. 학교에 가는 건 내가 학교에 소속된 학생이기 때문이었지만, 실은 이 시디들을 고르고 듣기 위해서라고 속으로만 들리게 늘 생각했다. 나만 그런 건 아닐 것이다. 다들 무언가를 좋아하고, 좋다고 느낀 것을 바라보고, 그렇게 하루를 겨우 견디며 살았다. 그 무언가가 서로 비슷하거나 아예 다를 뿐이었고, 가끔 하나라도 맞으면 손뼉을 쳤다. 그리고 이상하다고 여기면 안 되는 거라고 서로 약속한 줄 알았다. 친구가 나에게 취향이 이상하다고 말하기 전까지는 말이다.

책상 위에 둔 내 시디 모음을 하나씩 구경하던 친구가 기어코 입을 열었다. “이런 시디 사면 돈 안 아까워?” 질문이 아닌 물음표는 듣는 이를 멈칫하게 만든다. 나는 바로 대답을 찾지 못했고, 내가 들은 말을 멀찍이 서서 구경하고만 싶었다. 점심밥과 야자 저녁밥을 굶어가며 산 시디들이었다. 한 곡이 좋아서 산 시디에는 그보다 더 좋은 곡이 숨어 있곤 했다. 소중한 시디라고 말할까, 무슨 말 같지도 않은 소리냐고 따질까, 일단 화를 낼까, 그보다 지금 내가 화가 났나? 화나기보다 어이없다는 생각에 일단 웃으면서 차분히 입을 열었다.

“좋아하는 거니까 아깝지 않지. 너 ○○○ 좋아하잖아. 시디 살 때 아깝지 않았지?”

친구는 내 말에 당연히 아깝지 않았다면서 “그렇구나” 하며 말을 끝냈다. 당연한 말을 할 수밖에 없어 했더니 당연하다고 말하는 친구. 종이 치며 수업이 시작됐고, 나는 사고 싶은 시디를 사기 위해 점심을 몇 번 굶어야 하는지를 계산해 교과서 한 귀퉁이에 끄적인 낙서를 물끄러미 바라보았다. 아직은 내게 없는 시디를 언제 살 수 있을지 그려보며 잠자코 앉아 있었다. 쉽게 상처받곤 했지만, 이번의 상처는 하고 싶은 걸 누리려는 마음까지는 쉽게 이기지 못했다. 즐길 거리에 대한 용돈은 제외되던 시절이었기에 한없이 소중했던 나의 취향이었다.

누구든 취향을 정하려들지는 않는다. 취향은 억지로 만들어지는 것도 아니고, 억지로 만들고 싶어 하는 것도 아니다. 그냥 나도 모르게 웃어지는 게 있다. 취미의 뜻이 "전문적으로 하는 것이 아니라 즐기기 위하여 하는 일"이라면, 취향의 뜻은 "하고 싶은 마음이 생기는 방향"이니까.

그 시절에는 좋아하는 연예인이 나온 잡지 하나를 친구들과 갈기갈기 찢으며 나눠 가졌고, 새로운 만화책 한 권을 돌려 보며 오늘 치 낄낄거림을 각자 챙겼고, 시디를 빌려다가 주말에 들으며 친구의 취향을 구경하면서 다시 내 취향을 바라보았고, 친구들과 토요일에 볼 영화를 기다리며 일주일 내내 기대감을 부풀리면서 학교라는 한 공간에서 비슷하지만 전혀 다르게 자라났다. 지금 좋다고 느끼는 것이 훗날 우리들을 어떻게 할지는 생각할 필요조차 느끼지 않으면서, 언제나 당장에 웃고 울면서 지냈다.

그렇게 만들어진 마음들을 고이 간직한 채로 어른이 되었다. 글 쓰는 일이 직업이 되었다는 것이 아직도 생소하지만, 글 쓰는 일을 계속 좋아하고 싶어서 취미로도 삼고 있다. 좋아하는 노래를 들으며 쓰는 글은 아무 생각도 없이 쓴 일기에 불과하지만, 요즘의 내가 가장 잘 담겨 있는 글이다. 때때로 원고를 쓸 일이 생기면 블로그에 적어둔 글을 읽어본다. 여전히 듣고 싶은 노래를 진득하게 듣는 나는, 블로그에 노래를 차곡차곡 모으고 있다. 좋아하는 노래가 생기면 한 곡을 틀어둔 채 노래 일지를 쓴다. 오늘 내 하루와 그날 좋다고 느끼는 곡 하나가 만나면, 오늘 못 다한 이야기가 생겨난다. 노래는 나에게 이야기의 첫머리를 주고, 나는 그저 별생각 없이 적어 내려간다. 원고를 쓰기 위해 빈칸을 열면 좀처럼 한마디를 시작하기 어려운데, 무엇이 되지 않아도 되는 글이라고 생각하면 어떤 말이든 얼른 하고 싶어진다. 즐겁게 듣던 사람으로 오래 살아서인지 노래 곁에서는 쉬이 마음이 열린다.

오늘의 취향은 언제가 될지 모르는 날까지 기꺼이 손을 뻗는다. 그 손을 잡아도 좋고 잡지 않아도 상관없다. 그 시절의 내가 어딜 바라보며 웃었는지 기억하는 것만으로도 충분하다.

# 책에 닿지 않는 그늘

좋아하는 일을 하는 것과 지금 하는 일을 좋아하는 일. 이 둘은 다를까? 다르다면 어떻게 다를까. 내 경우에는 주로 '좋아하는 일을 하는 사람'으로 보이는 듯하다. 나를 앞세운 일을 한다는 이유만으로도 좋아하는 일을 하는 사람이 된다. 내 손을 떠난 것들 대부분 책 안에 자리를 잡는다. 책이 되는 일들을 부지런히 해내고는 있지만, 그렇다고 마냥 좋은 말풍선만 떠다니는 것은 아니다. 일은 일이고, 돈은 돈이니까. 게다가 어디에도 소속되지 않은 프리랜서는 감히 안심할 수가 없다. 불안한 일상을 당연하듯 지내야 한다. 무엇보다 책을 향하는 사람들의 시선과 손짓은 분명한 숫자로 줄어들고 있어서 오늘과 똑같은 미래를 그려볼 수 없다.

하고 싶었던 일을 하게 되었으니 좋아하는 일을 하는 사람인 것이 맞지만, 왜인지 "그래도 너는 좋아하는 일을 하고 있잖아"라는 말 앞에서는 눈알을 굴리게 된다. 그 말에는 "당신은 좋아하는 일을 하고 있습니다"에는 없는 의미가 숨어 있으니까. 좋아하는 일을 해서 좋겠다는 말을 내뱉는 이의 눈은 보통 내 직업이 아닌 자신의 하루를 응시하고 있다. 노곤노곤한 타인의 하루는 쉽게 자기 연민의 양념으로 쓰인다. 나의 풍경을 여러모로 찡그리고 보기 시작하면 남들의 일도 똑같은 눈으로 바라보게 된다. 타인에 대한 까끌까끌한 부러움은 그렇게 생겨나고, 오늘의 하루에 그림자가 지고 만다. 일이 마냥 피곤하고 그래서 일과 거리를 두려는 마음이 고이고 고이면 조금씩 마음이 상해버린다. 일을 좋아하면 지는 것 같아서 일을 대하는 태도가 변하고, 진심을 다해 일하는 것 같은 사람을 깔보기 시작한다. 결국 일의 크기보다 더 큰 감정 소모를 겪게 된다.

회사를 다니던 시절, 자신의 일을 진지하게 바라볼 줄 아는 타입의 사람들과 일한 건 무척 다행이었다. 아주 가끔 '이걸 왜 열심히 해야 하는데? 어차피 오래 안 다닐 건데' 하는 식의 사람도 물론 있었다. 이런 마음이 앞장서면 주변에도 그늘이지게 마련이고, 생각이 많은 사람들일수록 그 그늘진 영향을 쉽게 받고 만다. 다행히 동료들 대부분은 어차피 만들 물건이니 잘 만들려고 했고, 기왕이면 안 해본 걸 경험하고 싶어 했으며, 그 덕에 나 또한 조금씩 좋아할 거리를 찾으며 일을 할 수 있었다. 회사원으로 지내며 기분 좋게 힘내기란 얼마나 어려운 일인지 알고 있다. 나는 운이 좋은 편이었고, 기왕이면 애써 괴롭기보다는 그저 좋아할 수 있는 여지를 두고 싶었다.

그런 여지가 있었기에 회사생활을 이어갈 수 있었지만, 퇴사 후에는 더 이상 '무언가를 잘 만들기 위해 몰두하는 일'과는 멀어졌다. 먹고 크게 체한 음식은 다시 떠올리고 싶지 않은 것처럼, 여러 제작 업체를 알아보고 제작 발주를 넣는 일을 떠올리기만 해도 어지러웠다. 겨우 좋아하는 종이를 찾아 지류를 만드는 일 정도만 할 뿐, 작은 디테일들을 하나씩 챙기며 문구 제품을 만들어내는 일은 이제 더 이상 무리였다. 굳이 다시 시도할 필요도 없이 알 수 있었다. 그 지난한 과정을 알기 때문에 그 과정에서 되도록이면 멀어지고 싶은 기분은 퇴사를 한 지 꽤 오래 지난 지금까지 이어지고 있다.

할 수 있지만 하기 싫은 것. 이것이 일이 정말 일이 될 때 찾아오는 뚜렷한 슬픔이었다. 하지만 반대로 누군가 만든 물건을 보며 경험적으로 세밀한 애정을 느끼고, 부분적으로 마음을 쏟을 수가 있었다. 과정을 꼬박 알기 때문에 보이는 시간과 장면이 있으니까. 나의 일을 싫어하기 시작하면서 우리는 전에 없던 시선 하나를 달고 다음으로 이내 진입한다. 싫어하는 마음을 계기로 다른 방향으로 자세를 취할 준비가 그렇게 갖춰진다.

지금 하는 내 일이 일이 되어 슬픈 마음이 전부가 되어버리면 잘하는 것과 열심히 하는 것의 경계가 뒤범벅되고 모든 부분에 남 탓을 하는 지경에 이르고 만다. 특정한 사람을 두고 탓하다가 일 자체를 탓하며 결국 온 세상이 그늘진다.

퇴사 후 이제 막 프리랜서가 됐을 무렵, 일을 이야기하는 자리에서 일을 탓하는 사람을 만난 적이 있다. 어린이 대상 도서의 그림 미팅이었는데, 출판사 안의 회의실에서 두 명의 편집자와 미팅이 이루어졌다. 미팅 초반에 스몰 토크를 나누며 내가 작업한 책을 내밀었다. 지도 일러스트를 담당했던 서울 책방 소개서로, 서울 안의 크고 작은 책방들이 모여 있는 동네들을 소개하는 책이라 지도 일러스트를 몇 개나 그렸더랬다. 돈을 벌기 위해 일을 수락한 부분도 있고, 작업 시간에 비해 작업량이 많아 손가락이 조금 이상해질 정도였지만, 책과 책방을 좋아하는 나에게는 꽤 기념할 만한 작업이었다. 무엇보다 내 작업을 소개하기에 아주 적절한 포트폴리오가 되었다. 하지만 책을 받아든 담당 편집자는 이상하게 웃으며 한

숨을 쉬었다. 비스듬한 얼굴로 책방 얘기냐고 물으며 대충 훑어보더니 금방 다른 편집자에게 책을 넘기며 이렇게 말했다.

"제가 출판사를 안 다녔다면 이 책을 기쁘게 받았을 텐데요."

책을 만들기 위해 모인 미팅 자리에서, 출판사에 다니느라 책이 반갑지 않다는 정보를 얻었다. 책방 정보가 그득그득한 책을 징그럽게 바라보는 시선을 바로 앞에서 마주한 때는 지금보다 한참 어렸다. 내가 건넨 책 때문에 삽시간에 가라앉은 회의실 공기가 어찌나 무겁던지. 내 작업물이 담긴 책을 건네는 것은 최근의 나와 앞으로의 나를 소개하는 작은 순간에 불과한데, 그 순간을 비집고 들어와 일에 괴롭힘을 당하고 있는 자신의 가련함을 기어코 끼워 넣으려는 마음. 그 마음이 보이기 시작하자 낯선 회의실의 공기는 점점 아무래도 상관없어졌다. 더는 에너지를 쓰지 않기로 마음먹었다.

일을 하다 보니 일과 관련된 모든 것이 꼴도 보기 싫어졌다는 말이 전부가 되어버리면 결국 그 뾰족한 끝은 누굴 향할까. 이미 오래전부터 자기 자신을 향하고 있었기에 그 순간 아무렇지 않게 내뱉을 수 있었을 거라고, 나는 조용히 생각하며 나머지의 시간을 보냈다. 사실 밑도 끝도 없는 위로를 바라는 이상한 말을 들은 이유는, 바로 내가 그런 말을 들어도 되는 사람이었기 때문이란 것도 알았다. 경력이 많지 않은 신입 일러스트레이터였으니까.

'이런 그늘, 오랜만인걸' 하면서 역으로 돌아가는 길에 일을 거절하기로 했다. 감정을 섞지 않고 일하는 게 편하지만, 책을 싫어하는 사람과 일하는 건 경력이 적은 나에게는 도움 되는 일이 아니었다. 낯선 역으로 들어가며 방금 빠져나온 출판사를 향해 중얼거렸다.

"이 일을 하는 게 창피한가 봐."

책을 만드는 일을 좋아하면 큰일이 나나 봐. 그런데 어떻게 일을 같이하자고 할 수 있는 거지.

아무리 좋은 마음으로 좋은 사람과 일을 하더라도, 일하는 과정이 마냥 좋을 리는 없다. 일하는 사람에게 괴롭고 싫은 순간은 얼마든지 다양하게 찾아온다. 그러나 알맹이를 제대로 보지 않고 커다란 숲을 일단 미워하는 마음은 아무런 도움이 되지 않는다. 출판사에 다니면서부터 책방을 멀리하기 시작했다는 그 축축한 말에 나도 그의 동료 편집자도 아무런 대답을 하지 않았다. "에이, 책과 책방은 잘못이 없잖아요"라는 분위기 전환용 아부성 농담도 집어넣었다. 책을 미워하기로 한 마음은 절대 책에게 닿지 않을 것이다. 일이 일인 것처럼, 책은 책이다. 아침에 모니터 앞에 다시 앉았을 때 내쉬는 한숨에 고스란히 영향을 받는 건 나 자신이다. 뚜렷한 이유도 없이 습관처럼 내뱉기 시작하면, 결국 내 손으로 나의 그늘을 만드는 것이다. 나를 위해서라도 일의 좋은 점을 끝없이 찾아야만 하고, 좋다고 느낀 부분과 싫다고 느낀 부분을 선명히 봐야 한다. 좋아하는 일을 하는 것과, 지금 하는 일을 좋아하는 일. 이 둘은 어쩌면 그렇게 다르지 않을지도 모른다.

같은 일을 하더라도 사소한 부분에 만족하고, 만족하기 위해 사소한 부분을 신경 쓰는 사람들이 분명 있다. 책을 만드는 세상에서 여전히 쓰임이 있는 사람으로 일하면서, 그런 사소한 부분이 얼마나 다르고 다양한지를 끝없이 배운다. 책 한 권을 만들더라도 책에 잘 어울릴 특정 종이를 쓰고 싶어서 깊게 고심하는 사람을, 후가공 하나 때문에 동료들을 거듭 설득하는 사람을, 교정지를 집에 가져가서 몇 번이나 읽어보는 사람을, 인쇄 감리를 보다가 종이를 들고 밖으로 나가 자연 빛에 색을 확인하는 사람을, 마냥 일을 좋아하는 사람으로만 볼 수 있을까. 일에 대한 책임감과 흥미, 그리고 나를 위한 만족과 모처럼의 열중이 더해진, 일을 하는 사람들의 반짝이는 순간들. 이 순간들이 모여 좋은 책, 오래 기억될 책이 만들어진다. 적어도 책을 만든 사람에게만큼은 좋은 책으로 남는다.

다이어리나 노트 등 비어 있는 책을 만들던 나는, 이제는 책에 들어갈 그림을 그리고 글을 쓰는 사람이 되었다. 제작에 힘쓰며 재료와 공정 하나하나를 들여다보는 과정에서 얻을 수 있는 건 얼마든지 얻어내자고 애쓰던 나를 지금도 종종 돌아보며 힘을 받는다. 모르지만 해내야 해서 머리를 감싸던, 두 다리로 시장을 쏘다니며 업체 사람들에게 나의 무지함을 들켜가며 여러 고비를 넘던 나. 모르는 일투성이지만 그렇기에 해내는 성취감도 챙길 수 있었던, 그러면서 남 몰래 조금씩 일을 재밌어 했던 이십 대의 나를 이제야 고맙게 바라본다.

책을 중심으로 움직이는 프리랜서로 언제까지 일할 수 있을까. 아무것도 확신할 수 없지만 분명한 건 계속하고 싶다는 마음이다. 나는 지금의 일을 어느 쪽으로는 만족하고 또 어느 쪽으로는 만족하지 못하지만, 그리고 매번 일이 다르고 쉽지 않아서 언제든 괴로움이 부리나케 찾아오지만, 일과 부딪쳐 겨우 마무리되는 모양이 책이라는 사실만으로도 나는 힘을 받는다. 일을 마냥 좋아하겠다고 약속하진 못하겠지만 말할 수 있다. 책이 되게끔 움직이는 어른인 나를 나는 너무나 좋아한다. 누군가 나에게 "당신은 좋아하는 일을 해서 좋겠네요"라고 쉽게 말할 때, 여러 생각들이 앞을 막아 기운이 내려갈지라도 다시금 고개를 들어 "네! 책 세상에 있는 건 정말 즐거워요" 하고 웃으며 대답하고 싶다. 내 손길의 끝이 책이라는 게 가끔은 믿기 힘들 정도로 좋아서 이불 속에 들어가서 소리를 지르고 싶을 정도라고 말하고 싶다.

나는 주변의 편집자분들이 자주 하는 농담인 "역시 책은 남이 만든 책이 최고"라는 말을 좋아한다. 이 농담에는 내 일을 힘들어 하면서도 일과 이 일을 하는 동종 업계의 모든 이를 존중하는 마음이 들어 있으므로. 자신이 만드는 책과 독서하는 책을 분리하는 마음 또한 엿보인다. 결국 책이 최고라고 말하고 있다.

오늘도 책의 길을 걷는다. 묵묵히 걸으면서 인정한다. 이 길이 그저 좋지만은 않을 테지만, 내가 좋아할 만한 순간이 분명히 차려진다는 것을. 그러니까 우리, 일을 하다가 좋은 순간을 만나면 좀 또랑또랑해지자. 좋다고 느낀다면 나에게 똑똑히 알리자. 적어도 내 일을 창피해 하진 말자. 모처럼 열심히 하고 싶다면 나에게 시간을 주자. 몰두하고 싶은 일이 생기면 미리 잠을 잘 자두자. 혼자인 시간을 너르게 두자. 일이 힘겹게만 느껴진다면 빠르게 끝내고 다음을 바라보자. 마음을 위해 감정 없이 일해도 되지만 힘들면 힘을 빼고 멈추자. 그리고 나의 숲속에서 가장 구석진 곳을 들여다보자. 그 다음에는 숲 밖으로 나가 지금과는 다른 방식으로 숨을 쉬자. 책은 책으로 보자. 책을 좋아하는 나와 책이 되게끔 하는 나, 둘의 다짐은 나의 길을 더 멀리 낸다.

책과 나의 관계는 쉽게 변하지 않는다. 언제나 나는 독자에 가장 가까운 사람이다.

그 마음이 점점 깊어지면서 때로는 참 유난스럽다는 말을 들었습니다. 요즘 세상에 만년필로 초고를 쓴다는 말에, 마음에 드는 펜이 더는 안 나오게 될까 걱정하며 리필 심을 사둔다는 말에, 우연히 산 연필의 느낌이 너무 좋아서 선물하고 싶다는 말에, 그 마음을 이해할 수 없다는 이야기를 들었습니다. 어쩌면 그 마음은 제가 글을 쓰는 마음과도 닮은 것 같습니다. 유난스럽다는 말에 어울리는 마음입니다.

_구한나리, 『올리브색이 없으면 민트색도 괜찮아』(돌베개, 2022) 중에서

책 그림에 짧은 선을 넣는 건

이 그림을 책이라고 부르자는 약속

# 올해도 축하할 수 있어서 기뻐

작업실 책상 위에는 시간의 흐름은 아무래도 상관없다는 듯이 놓여 있는 책 한 권이 있다. 고등학교 2학년이 끝나가는 겨울부터 수능을 보기 전까지 썼던, 한때의 다이어리. 이 한 권을 책이라고 부르게 된 지 얼마 되지 않았다. 손에 금방 잡히는 듯하면서도 한결같은 거리감은 고등학생 때나 지금이나 여전한 채로.

다이어리 표지에는 여러 표정의 캐릭터가 잔망스럽게 그려져 있고 "YOU NEED TO TAKE NOTE EVERYDAY"(넌 매일 메모를 해야 해)라는 메시지가 책 제목처럼 쓰여 있다. 큼지막

한 문장을 당시에는 제대로 읽어볼 생각도 못 했다. 그저 표지 색감과 느낌, 크라프트지인 내지, 한 손에 들어오는 작은 사이즈, 부족함 없이 쓸 수 있는 두께움이 좋아서 골랐다. 영문 메시지는 나에게 닿지 않았고, 다이어리 한 권을 다 채우면 나 혼자만 평생 읽을 책 한 권이 생긴다는 것 또한 몰랐다.

책의 첫 장에는 다이어리 포장지에 붙어 있던 정보 스티커와 핫트랙스 가격표가 붙어 있고, 다이어리를 산 날에는 이런 문장을 적어두었다.

"나만의 진짜 수첩을 찾은 것!"

다이어리를 책이라고 부르고 싶은 건, 이제는 읽는 용으로만 펼치기 때문이다. 이제는 여기에 지금의 이야기를 쓸 자격이 없다. 그저 이따금 펼칠 수 있을 뿐이다. 고등학생 때는 학교 책상에 늘 펼쳐진 채로 놓여 있던 다이어리가, 이제는 자주 펼칠 수 있도록 잘 꽂혀 있다. 지난 나를 두둑하게 지켜볼 차례가 되었고, 나에 대한 읽을거리를 제공한 지난 나를 마주할 적당한 거리가 생겨난 건지도 모르겠다.

책은 구체적이고 긴 일기와 함께 당장 사고 싶거나 졸업하면 하고 싶은 일들로 채워져 있다. 좋아하는 가사와 영화의 대사를 옮겨 적기도 하고, 잡지를 오려 붙이기도 해서, 머무를 새 없이 금세 날아가 버리기 쉽던 고3 시절의 갖가지 취향들이 고스란히 남았다. 남을 의식하거나 심지어 스스로를 조금도 의식하지도 않아 그 무엇도 부끄러워하지 않은 글쓰기가 여기에만큼은 가득하다. 이십 대에 다시 읽을 때는 볼이 화끈거리기도 했는데, 이제 그런 열은 오르지 않는다. 나이가 든다는 것은, 점차 나를 귀여워하면서 이제는 없는 나의 면을 그리워하는 게 아닐까. 내가 한 일이 낯설어지고 점점 타인의 마음으로 바라보게 될 때, 지난 나의 행복들을 구경하게 되고 오늘의 적적함은 새삼 도드라진다. 그리고 이 적적함을 어쩌면 지금의 나는 좋아하고 있는지도.

빽빽하게 써내려간 하루치의 생생한 기록을 다시 마주하면 그 시절의 공간이 코앞에 다가온다. 반지하의 작은방 1층 침대에 다시 포근하게 끼워지는 기분이다. 좋아할 수 없는 냄새가 가득했던, 침대 크기만큼의 내 방을 이렇게 다시 만나는 건 나쁘지 않다. 결코 다시 돌아가고 싶지 않지만, 그 시절을 일정량만큼만 그리워할 수 있게 꾸린 것도 내 능력이라면 능력이 아닐까. 행복이 넘치던 초교 시절의 일기장은 나도 모르는 사이 몽땅 사라져버렸고, 육아 일기 또한 없는 나에게는 이 다이어리가 유일한 나의 옛 자국들이다.

다이어리를 채운 일기만큼이나 많은 게 친구들에게 받은

편지와 쪽지다. 긴 편지는 잘도 접어 다이어리 한 페이지에 야무지게 붙여놓았고, 내 교과서를 빌려 간 다른 반 친구가 교과서를 돌려주며 담백하게 붙여준 포스트잇 또한 다이어리 한 페이지에 주인공처럼 자리를 잡았다. 기름종이를 빌려 간 친구가 자신의 기름을 덕지덕지 닦은 기름종이에 쓴 웃기고 기름진 쪽지도 그대로 간직해두었다. 뭐가 그리 소중했을까. 나에게는 더 이상 주문을 쓰지 못하는 마녀 같은 기질이 있어서, 남긴지도 모르는 누군가의 흔적들을 영원히 수납하려든다. 쪽지나 물건뿐만 아니라 지나가듯 내뱉은 어떤 말풍선 하나, 스치듯 지었던 표정, 가볍게 쓴 메시지 하나하나 모두를. 내 손에 들어온 작은 쪽지를 내려다보며 받고 싶은 힘을 조용히 마음에 담아두고, 날아가지 못하도록 가볍게 눌러두는 일. 불행이나 해악을 가져다주는 마녀가 아닌, 그의 안녕을 바랄 뿐인 마녀로 이 세상을 산다.

본 책을 다시 읽을 때면 전에 못 느낀 보물 같은 순간이 찾아오듯이, 다이어리 속 쪽지들도 때마다 다르게 읽힌다. 이야기는 변하지 않지만 나는 어떻게든 변하게 마련이라, 나의 시절마다 다르게 찾아드는 대목들은 지금의 나를 기어코 감각하게 한다. 4월을 지나고 있는 부분에는 내 생일 주간을 맞이해서 바쁘게 채워져 있다. 그중에서 왠지 그 시절의 내가 조금 짠해진 페이지가 있었다. 친구들이 보내준 생일 축하 메시지 중 몇 개를 다이어리에 굳이 옮겨 적어둔 페이지. 문자 메시지도 있고 싸이월드 미니홈피 방명록 글도 있다. 마음에 드는 축하 글이라는 제목으로, 다섯 개 정도의 축하 글을 보내온 시간까지 초 단위로 적어둔 나였다. 왜 짠해졌냐면, 어떻게든 이 축하 인사를 선명하게 담고 싶었을 마음이 그려져서, 좋아하는 친구들이 건넨 말들이 풍선처럼 잡지 못하게 금방 날아가 버릴 걸 알고서, 그걸 껑충껑충대며 잡기 힘드니 가장 단순한 물리적인 방법으로 기록해둔 것 같아서였다. 일기를 쓸 때의 필체와는 조금 다른, 다소 신경 써서 예쁘게 적어둔 것도 짠함의 포인트라면 포인트였다. 그중에서 당시에 가장 친했던 친구의 짧은 문자 메시지가 눈에 들어왔다.

"생일 축하해. 십 년 뒤에도 꼭 이렇게 말할게."

삶을 살아내는 힘은 단지 지금 일어나 마주하는 것들만으로 생기는 게 아니라고 나는 확신했다. 십 년 뒤에도 꼭 이렇게 말할 거라고 약속하던 친구의 말이 나에게 절절하게 와닿기까지는 이만큼의 시간이 필요했다. 십 년 뒤에도 친구가 나에게 말을 걸어줄 거라는 짧은 약속은 우리도 모르게 우리를 살렸는지도 모를 일이었다.

이제는 다시 보고 싶어도 볼 수 없는 수많은 쪽지와 메모들을 지나쳐버렸다. 내 곁에 머무는 쪽지들은 나에게 겨우 붙어 있는 소량의 자국들일 뿐이다. 짝꿍을 바꾸면서 써준 친구의 쪽지를 끝으로 더 이상 새로운 쪽지는 다이어리에 붙지 않았다.

"짝꿍아~! 그동안 즐거웠어. 이 쪽지는 이별의 선물~ 자리 바꾸면 니 짝하고 공부 좀 해!"

메롱거리는 혓바닥 그림이 네 개나 그려진 쪽지를 조몰락거리면서 조금 웃기고 조금은 슬프게 중얼거렸다.

나한테 쪽지 주지 마. 평생 간직하니까.

다이어리라는 자리가 정해진 쪽지들의 시대는 끝이 났지만, 그로부터 이십 대와 삼십 대를 지나며 여전히 수많은 쪽지와 편지 들을 받고 있다. 일을 하며 받은 포스트잇, 아무 날도 아닌데 친구가 써준 편지, 내 작업실에 머물다간 친구의 짧은 인사 쪽지, 내 생일을 축하하며 어김없이 봄을 이야기하는 친구들의 카드, 복권을 주며 당첨되지 않더라도 행운을 바라는 친구의 마음. 작은 바람에도 날아갈 것 같은 얇은 종이들은 여전히 나를 중심으로 어딘가에 머물고 있다. 여태 쌓인 쪽지들을 한데 모으면 모르긴 몰라도 사전보다 훨씬 두껍지 않을까. 한 장씩의 쪽지들의 태도는 언제나 덤덤하다. 나에게 도착한 장면 그대로 여기저기에 붙어서 지난 마음을 회상하고 있다. 지금까지도 나에게 읽힐 줄은 꿈에도 몰랐다는 얼굴을 하고서.

다시금 나의 책을 펼쳐서 쪽지들에 얼굴을 가까이 대면, 그 때만의 마음들이 고스란히 느껴진다. 멀리서 보면 앙상해 보이지만, 내 눈으로 보기엔 더없이 꽉 찬 관심들. 팔랑거리고 날아가기 쉬운 관심들을, 여러 장이라 두꺼워진 종이들을 눌러두고 지내는 나는 어쩌면 종이 세계에서 만들어진 마녀인지도 모르겠다.

나는 내가 받은 쪽지와 편지에 비해 발신을 잘 하지 않는 편이다. 일부러 그런 건 아니지만 편지를 써 보이는 일이 점점 줄어들고 있다. 어쩌면 내가 받은 것들을 간직하려드는 사람이기에 오히려 보내지 않게 된 건지도 모르겠다. 그래도 친구들의 생일이면 편지를 꼭 쓴다. 그 편지에는 늘 똑같은 문장이 나타난다. 올해도 이 문장을 또 써버렸네 싶으면서도, 언제까지나 이 문장을 똑같이 쓰고 싶다고 생각하면서.

"올해도 생일을 축하할 수 있어서 기뻐."
십 년 뒤에도 꼭 이렇게 말하고 싶다.

나는 수첩에 적힌 외마디 단어들 위에 검은 펜으로 동그라미를 그려 넣는다. 봄이 오면 뿌리려고 하얀 종이에 고이 싸놓은 작은 씨앗들 같다. 까맣게 지워졌어도, 아니 까맣게 말랐어도 당신은 이제 안다. 씨앗들이 품고 있는 소리를, 하나하나의 이름을.

_안윤, 『방어가 제철』(자음과모음, 2022) 중에서

# 책이 되는 날

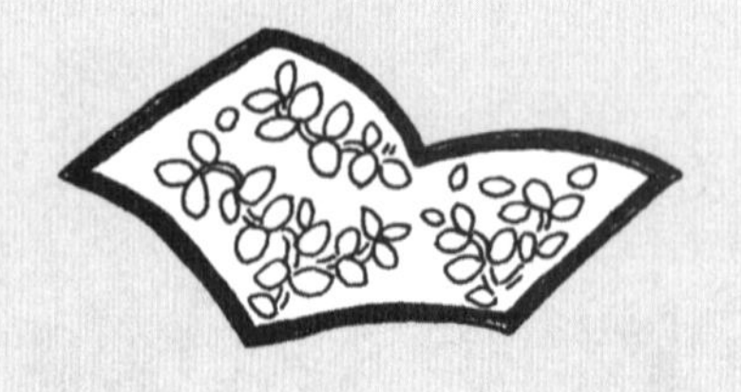

# 책으로 스트레칭

# 마음이 끓어오를 때

소설가 하야시 후미코가 『슬픈 인간』(봄날의 책, 2017)에서 말했다. "마음이 끓어오를 때 자연스럽게 끓어오르게 하며, 차분히 필사적으로 써낸 작품이야말로 오래 살아남아 독자에게 무언가를 이야기할 것입니다."

오래도록 가스 불 위에 올려둔 냄비 하나가 떠오른다. 그 냄비는 내가 생각을 멈추지 않으면 언제까지고 보글보글거린다. 그 상태는 인간으로서 계속 살아내게 하는 반면, 더 이상 버티지 못하게 하기도 한다.

나는 책을 만나고 책을 읽고 책을 짓게 된 이후에 비로소 마음이 들끓는 걸 내버려둘 수 있게 되었다. 어째서였을까? 그렇게 떠오른 생각은 땔감처럼 쓰임이 있고, 덩달아 살아갈 이유가 되어준다. 죽고 싶지는 않지만 때론 이렇게 괴로운데도 이렇게나 가난한데도 죽어지지 않는다는 게 당황스러울 때가 있다. 하지만 이제는 그런 감정조차 책을 향하고 있고, 책 안에 자리 잡게 된 어느 페이지를 꿈꾸고 있고, 지금은 알 수 없는 이야기들과 어우러질 준비를 하고 있다.

어느덧 지금의 내가 된 나는, 들끓게 된 이상 무엇이든 끓어오르게 만들기로 했다. 어쩌면 책이 가져다준 가장 반짝이는 축복이다. 이 온도로 끓어오른 게 고작 라면 따위여도, 하나의 요리가 아닌 단지 시금치를 데칠 정도여도, 끓어오를 때를 받아들이고 자연스럽게 끓어오르게 되었다.

어느 날의 나는 라면 한 그릇만으로도 풍족하고, 빈 여백에 시금치가 더해져서 완성이 된다. 그렇게 나는 모든 것을 종이 위에서 말하고 싶어졌고, 모든 버려질 이야기들을 전부 읽는 무언가로 만들고 싶어졌다. 그리고 그런 이야기를 더욱이 읽고 싶다. 하야시 후미코가 차분히 필사적으로 써낸, 있는 그대로의 이야기들처럼.

## 쓰는 독자가 된다면

책은 읽기 위해 펼치면 더욱 입체적인 형태로 변한다. 아마 책이 가장 원하고 바라던 모습이지 않을까. 그건 펼친 사람 쪽에서도 마찬가지다. 책을 펼치고 눈으로 글자를 따라가며 읽을 때에야 비로소 책을 읽는 자세로 몸이 고쳐진다. 마치 납작하게 있던 상자가 세워져 품 안에 공간이 생기는 것처럼, 책도 나도 여백이 생긴다.

바쁠 때면 괜히 책을 펼쳤다. 그림 작업이 끝없이 이어질 때면 오히려 글자를 가까이하고 싶어진다. 마침 오전에 작업실로 도착한 책 한 권. 지금일까 싶어서 책을 펼쳐들자 나는 그새 장르가 바뀌어 독자가 된다. 첫 장을 읽는데 첫 문장부터 좋다. '좋다'라는 생각이 들자마자 표지를 지탱하던 왼쪽 손이 벌벌 떨린다. 이제 막 읽기 시작해 아직 무게가 가벼운 한쪽 면이 함께 떨렸다. 좋아서일까 두려워서일까. 어느 쪽으로 의미를 부여해도 괜찮을 '두근두근'의 순간. 다음을 모르는 이야기를 한 글자씩 밟아나갈 힘이 생기는 좋은 문장은 때때로 찾아온다. 독자의 입장에서 가장 좋아하는 순간인데, 책을 중심으로 여러 형태의 직업인이 되는 나는 이런 순간에 제각각의 두근거림을 느낀다.

주어진 하루와, 오늘 만난 하루, 그리고 다음이 될 하루에 가장 걸맞은 문장을 찾아나서는 일이 직업이 된 후로, 나는 책만 읽으면 곧장 문장을 잃는 사람이 되었다. 내가 쓴 나의 문장보다 타인에게서 우러나온 전혀 다른 맥락의 문장이 나를 대변할 때가 있다. 그럴 땐 마치 지각생이 된 기분을 겪는다. 늦은 줄도 몰라 숨이 차지 않는 지각생이 되어 멀뚱멀뚱하게 먼저 쓰인 문장을 바라본다.

그 공허함은 곧장 나의 다른 부분을 채워준다. 내가 나에게 미처 해주지 못했던 말이자 가장 듣고 싶던 한마디. 가장 쓰고 싶은 표현은 잃었지만, 타인으로부터 발견한 내 마음에서 새롭게 출발할 수는 있을 것이다. 펼쳤기에 잃은 문장과, 펼쳤기에 만난 나. 쓰고 그리며 지금을 표현하고 있는 나도 나지만, 결국 모든 나를 아우르며 저벅저벅 삶을 걸어가고 있는 내가 존재한다.

그렇기에 나는 쓰는 일을 적극 추천하고 싶다. 쓰는 독자가 된다면, 어제의 책에서는 아무 일도 일어나지 않았던 일이 오늘은 생겨날지도 모른다. 그렇게 나의 문장을 잃게 되었을 때 그 자리에서 쓸 말이 생각난다. 잃음과 동시에 누리는, 희망찬 상실을 맛보게 된다.

마음으로부터 좋다고 느끼는 책은 어째선지 슬프다.
언어로 표현하지 못한 감정을
누군가의 언어로 만났을 때,
나의 문장을 잃는다.

책을 읽을 때마다 문장을 잃게 된다.
잃게 되는 문장이 많은 책을 읽고 싶다.

## 실은 스트레칭 다음은

2018년 5월, 도쿄의 책방에서 '실은 스트레칭'이라는 제목의 개인전을 열면서 동명의 작은 책자를 만들었다. 그림에는 적어두지 못한 메시지를 그림 곁에 놓아둔, 일종의 안내 책자였다. '실은 스트레칭'이라는 제목은 매일 밤 내게 안심을 주던 메시지였다. 운동을 위해서 따로 시간을 내지는 않았지만, 매일의 모든 움직임을 생활 운동으로 여기며 살던 시절이었다. 오늘 덜 움직였다 싶으면 자기 전에 이상한 부채감을 안고서 몸을 이리저리 당겨댔다.

혼자 지내던 작은 집에서 어김없이 맞이하는 밤이면 침대에 누워 있는 키키에게 눈을 맞추고 듣고 싶은 노래나 팟캐스트를 들으면서 몸 여기저기를 적당히 늘려주었다. 이런 감각도 있고 저런 감각도 있다는 걸 나의 몸에 매일 밤 적잖이 들려주는 일에 불과했지만, 매일의 힘은 생각보다 컸다. 적어도 겉보기에는 꽤 건강한 모습을 유지할 수가 있었다. 어쩌면 그럴 수 있는 나이였고, 내가 미처 운동이라고는 생각하지 않았던 움직임이 사실은 꽤 뜨거웠던 것도 같다. 혼자 살던 몇 년 동안, 엄마는 나만 보면 지난번 만남보다 더 말랐다고 난리였다. 그럴 때면 손빨래가 떠올랐다. 세탁기가 없어서 손빨래를 했던 게 어쩌면 따로 시간을 내서 운동을 하는 것과 퉁칠 수 있었을지도 모른다. 독서로 따지면 숙독에 가까운 운동이 아니었을까.

책을 읽는 일을 스트레칭과 연결 지어본 데에는 다독가가 되고 싶은 마음이 한몫했다. 책을 좋아하면서도 왜 결코 다독가의 길로는 들어서지 못하고 있느냐고 스스로에게 번번이 질문하기 바빴다. 다독가의 기준을 스스로 엄격하게 정해둔 것도 같았다. 책의 세상에는 꼭 읽어야 하는 책의 리스트가 있는 것처럼 굴었던 것도 사실이다. 나에겐 없지만 세상에는 있는 리스트. 사실 그딴 건 없는 게 좋다고 생각하면서도 혼자 이상한 리스트를 상상하곤 했다. 실은 상상만이 아니었다. 분명한 일화로 이상한 리스트가 생겨버렸다. '이 책은 꼭 읽어야지' 하는 누군가의 말풍선이 나에게 날아오걸랑 서둘러 집에 가서 "흥, 하지만 당장 읽을 게 이만큼 있다고!" 하며 내가 고른 책들을 펼쳐댔다. "차라리 이 책을 한 번 더 읽는 게 낫지"라면서 좋아하는 책의 사소한 부분을 다시 읽으며 내가 아는 만큼 좋아했다. 나 혼자만 웃기에도 이 삶은 짧다고, 늦은 대답을 혼자 삭이곤 했다.

타인의 말풍선에 담겨 날아온 책들은 내 편견 속 다독가 필독서 리스트에 들어가 한편으로 치워졌지만, 그중 몇 권은 도리어 그날만큼은 내 책장의 모든 책을 이겨버리곤 했다. 책에 대한 편견은 일단 읽기 시작하면 나를 거쳐 사라지게 마련이었다. 책이란 건 결국 펼치냐 마느냐의 문제였는데, 언제 펼치는지에 따라 마주할 수 있는 것 또한 달라졌다. 어쩌면 비로소 혼자가 되자 언제든 책을 펼칠 수 있는 생활이 시작된 건 아닐까. 어떤 책이든 상관은 없었다.

매일 자전거를 타고 작업실과 집을 오가며, 아침을 먹기 전에 키키와 산책을 하며 커피를 사오고, 4층 작업실과 3층 집을 여러 번 오르며, 매일 손빨래를 하고 물이 뚝뚝 떨어지는 빨래를 옥상에서 하나하나 팡팡 털어 널고, 1인분의 밥을 적게라도 해 먹고, 방에 쓰레기통을 두지 않아 매번 작은 쓰레기라도 버릴라 치면 벌떡 일어나 현관문을 열고 나가야 했고, 제철에 맞는 청을 만들고, 나보다 부지런한 먼지들을 닦기 바쁘고, 날씨에 맞게 화분을 옮기고 가꾸고, 땀을 뻘뻘 흘리며 분리수거를 하고, 기분이 영 별로면 가구를 옮기고, 밤의 시간을 건조의 시간으로 생각해서 샤워하며 화장실 청소를 하고, 그럼에도 운동은 전혀 안 했다고 생각해서 꼼꼼하게 몸 여기저기를 꾸꾹 눌러가며 스트레칭을 하던 내 생활에는 독서의 감각 또한 똑같이 그려졌다.

꼭 읽어야 하는 책에는 전혀 눈을 돌리지 않는 주제에 매일 조금씩 읽는 것만으로 안심을 하며, 사고 싶은 책이 매일 매순간 생겨나던 시절이었다. 자기 전에 계란을 삶으며 부엌에 서서 소리를 내어 책을 읽었고, 작은 집 안에서도 읽는 기분이 다른 책을 여기저기 다르게 진열을 했다. 가장 읽고 싶은 책은 바닥에 진열해두었는데, 그 이유는 스트레칭을 하다가 눈의 높이가 맞는 책 제목을 가만히 읽는 습관이 나에게 있다는 걸 알아챘기 때문이었다. 책을 내 생활에 고요히 두고 부드럽게 사랑했으면서도, 나는 내가 많이 읽지 않는다고 여겼다. 몰라보는 사랑을 하던 그 시절과는 이제 안녕했다.

지금의 내 모습은 예전과 많이 달라졌다. 자주 체하는 소식가였고, 아무리 먹어도 살이 찌지 않던 나였는데, 내 삶에도 이런 몸무게가 존재하는구나 싶을 만큼 이제 나는 멀리 와버렸다. 많이 먹어도 잘 체하지 않고, 먹는 대로 살이 찐다. 친구

는 나에게 아마도 체질이 변해서 그런 거라고 위로를 보냈다. 이제는 분명한 운동 시간이 필요하고, 땀을 흠뻑 쏟아내도 내 몸은 내가 움직인 걸 눈치채기 어려운 지경이 되었다. 지금은 이런 나이가, 이런 내가 된 것이다.

오랜만에 옷을 갖춰 입고 밖으로 나가 뛰었다. 그간 산책하면서 키키를 따라 조금씩 뛰기만 했지 쉬지 않고 뛴 건 오랜만이었다. 안 달리다가 달리면 마지막으로 달렸던 날보다 땅에 더 가까워진 느낌이 확연히 든다. 달리는 내내 속이 상한다. 하지만 달리는 움직임 그 자체가 동력이 된다. 이상하게 달리면 달릴수록 방금까지 달린 힘으로 달릴 수가 있다. 방금까지 달린 힘으로 달리고, 잘 호흡한 숨으로 달린다. 자주 달리면 분명히 오늘보다 가벼워질 거라고, 나는 또 제멋대로 힘을 내버렸다.

달리면 달릴수록 가벼워지듯이, 책을 펼쳤는데 술술 읽히면 당장 뒷장까지 가볍게 읽어버리고 싶다. 예전에는 한 번에 다 읽어버리는 책이 있걸랑 기념일로 삼을 만큼 특별한 날로 여겼는데, 지금은 어째 한 번에 몽땅 읽어버리는 일이 잦아졌다. 선명히 그려지다 못해 주인공이 서 있는 자리에서 먼 거리까지 불이 켜지듯이 장면이 환해지는 소설을 만나면, 견딜 수 없다는 심정으로 마지막 페이지까지 달려간다. 어제까지만 해도 다 읽을 줄 몰랐던 책 한 권이 내 안에 빼곡히 수납된

날을 만나면, 한동안은 소설로부터 도착한 장면을 깊게 기억하고 또 그 힘으로 다음 달 다른 책을 펼친다.

내 나이에 맞는 운동법을 찾는 것처럼 지금에 맞는 독서법을 찾는다. 다독가는 되거나 되지 않는 게 아니라고 이제는 조심히 나에게 알려준다. 굳이 따지자면 나는 애서가에 가깝다고, 책을 사랑하는 삶을 살면서 책의 겉과 안을 사랑하는 사람이라고. 책 안의 글자만 읽는 게 아니라 책 그 자체에서 읽어낼 수 있는 온갖 거리들을 죄다 읽고 싶은 사람이라고 말이다.

오늘이기에 읽기 좋은 책을 만나며, 경쾌한 마음으로 독서를 대하는 태도는 여전하다. 그리고 읽기 좋은 책을 만나기 위해 오늘도 다름없이 수많은 책을 만져보고 열어보면서, 잔잔하게 스트레칭을 해댄다.

스트레칭은 여전히 내 몸에 자국을 남긴다. 자기 전에 책장을 훑어보며 책등의 제목만 읽어보고 마는 것 또한 내 하루에 자국을 남기고, 읽을 줄 몰랐던 한 권을 몽땅 읽어버리는 것 또한 마찬가지다. 내 안에서 스스로 피워낼 수 없던 언어를 만난다는 건 내 생활 속에 새로운 언어가 쌓이는 일. 그것들은 어떻게든 내 안에 머물다가 나를 통과해 세상 밖으로 다시 빠져나가기를 반복한다. 이는 독서 생활을 이어가는 데 필요한 호흡법이기도 하다.

이제는 "실은 스트레칭"보다는 "실은 숨 쉬기". 나는 책을 좋아하는 정도가 아니라, 책이 없으면 안 되는 사람. 그리고 나에게 맞는, 내가 하는 운동에 맞는 호흡법을 다시 배우기 좋은 때를 맞이했다. 잘 쉰 숨은 속근육을 만든다는 걸, 이제는 내 몸이 알고 있다.

평소 전혀 운동하지 않는 주제에 매일의 스트레칭으로 안심하고 있다. 이 마음은 나의 독서 생활과 같다. 매일 조금씩 읽는 문장은 내 하루 안에 있고, 어제의 마음과 내일의 생각이 유연해진다. 그렇게 타인의 문장으로 나를 읽는다면, 어쩌면 어느 날에는 나의 문장을 떠올리게 될지도 모른다. 스트레칭은 일종의 안심 메시지. 나는 삶의 곳곳에 안전장치를 심어놓는 사람. 이런 생각을 하는 것도 '실은 스트레칭'이다.

_임진아, 『실은 스트레칭』 중에서

## 오늘의 단어

가을이 조금씩 벗겨지고 있는 계절의 끝 무렵, 동네 카페에서 차처럼 맑고 고운 결의 커피를 마시며 책장을 넘긴다. 커피는 카페인이 느껴지지 않을 만큼 부드러웠지만 맛에 향이 더해져 어딘가 짙게 느껴졌다. 궁금해서 자꾸 맛을 보다 보니 금방 잔의 바닥을 만났다. 그때 카페 주인이 조용히 다가와 커피 서버에 남아 있던 커피를 한 번 더 담아준다. 세 번째 방문한 카페인데 자리에 앉아서 마신 건 오늘이 처음이었다. '그렇구나'라는 반가운 기분이 마음 구석에서 피어난다. 필터로 내린 커피라서 가능한 이런 서비스는, 이 장소에 머무를 때에만 알 수가 있다. 알게 된다는 건 기쁜 일이다.

아는 맛의 두 번째 커피 시간이 시작되었다. 첫 잔을 마시며 읽은 만큼을 또 읽을 수 있다는 사실에 마음이 괜히 든든해지고, 낯선 공간이 조금씩 내 것이 된다. 조금 전보다는 편안한 자세로 책을 넘기고 있는데 문득 모르는 단어를 만났다. 따뜻하게 자리 잡고 있던 분위기가 단어 하나로 잠시 멈칫한다. 내가 무엇을 모르는지를 알게 된다는 것이 나이가 들면 들수록 기쁘게 여겨진다.

"홍소를 터트렸다"는 문장이었다. 홍소. 소는 '웃음 소(笑)'일 테고 그럼 홍은 무슨 홍일까. '넓을 홍(弘)'일까 싶다가 '붉을 홍(紅)'마저 생각났다. 책을 읽던 도중에 낯선 단어를 만나면 그 단어를 중심으로 문장이 갈라진다. 새로운 읽기의 시작이다. 이는 내가 좋아하는 독서 분위기 중 하나다. 일상적인 내용을 내 일상에 쉬이 대입하며 읽다가 어느새 단어 뜻을 이해하기 위해 다르게 읽기 시작한다. 읽는 마음의 자세를 바꿔야 하는 순간은 얼마나 재미있는지. 읽던 도중 물음표가 생기면 잠시 커피를 잊는다. 책에 고개를 잔뜩 숙이고서 방금 만난 문장을 거듭 읽어보았다.

"늘 웃음을 담고 있다가 아무 때나 홍소를 터뜨려서 무거운 세상을 해맑게 깨트리는 웃음 항아리 같은 몸."

소중한 가족을 향해 사랑스러운 시선을 담아 담담하게 표현한 문장이었다. 담고 있다가 이내 터질 듯한 힘을 가진 웃음이라고 추측해본다. 홍소라는 건 터뜨리는 거구나. 무거운 세상을 해맑게 깨트리는 순간이구나. 사전의 도움을 받지 않은 상태로 단어 하나를 글 그대로 느낀다. 카페에 들어온 순간부터는 휴대폰을 멀리하는데 바로 지금이 꺼내야 할 타이밍이다. 단어를 마음껏 생각한 후에야 사전에 두 글자를 검색해본다. '입을 크게 벌리고 웃거나 떠들썩하게 웃음. 또는 그 웃음'. 어렴풋한 공기로 상상하던 단어가 영상으로 그려진다. 입을 다문 웃음 다음에는 입을 활짝 벌리고 웃는 웃음이 있다. 웃음의 종류마다 갖가지 추억들이 떠올라서 좀처럼 다음 페이지로 넘어가지 못하고 커피도 그대로 식고 있다. 오늘 책에서 얻을 건 다 얻었다는 생각에 나머지 시간은 창밖에 눈을 멀리 던지고 고요히 있고만 싶다. 오늘은 '홍'이라는 한 글자에 새로운 힘 하나가 더해진 날. 떠들썩한 홍의 글자가 카페 앞 큰 나무에 시원스럽게 걸려 있다.

조급하지 말자고 다짐했기에 가능한 읽기였다. 조급한 마음으로 행하는 모든 일이 그렇지 않은지. 일의 과정이 쏙 빠지게 된다. 조급한 사람과의 대화도 마찬가지다. 급하게 이루어지는 관계 앞에 서면 얼굴의 표정도 표면도 딱딱해지게 마련이다. 지금을 즐기며 조금 늦더라도 이 순간에 대해 알아가는 대화 방식이 좋은 건, 우리 안의 것들을 하나씩 세심히 바라보는 자세가 결국 관계를 만든다고 확신하기 때문이다. 홀로 흥미롭고 싶은 사람을 만나면 하나씩 알아가는 과정을 잃는다. 관계란 서로의 마음을 끌기 위함이 아니니까. 억지로 당겨지는 일이 아니니까. 우리의 전과 지금과 다음을 느긋하게 함께 바라볼 때, 우리는 정말 우리가 된다.

책을 알아가는 건 재미있는데, 아무래도 나를 알아가는 데에는 큰 재미를 느끼기가 어렵다. 나를 이렇게 보면 어떨까. 책을 대하듯이 나를 대하면 어떨까. 나는 왜 책 앞에서만 이토록 아무렇지 않게 내가 되는 걸까. 나 스스로를 앞에 두고도 그럴 수 있다면 얼마나 좋을까. 우선은 매일 아침 새로이 만나는 나를 느리고 낯설게 읽어나가면 어떨까.

오늘은 어쩌면 홍소라는 단어와는 아주 동떨어진, 다문 입 안으로 또 한 번 마음을 잠근 날이었다. 명랑하게 웃기보다는 침울하게 고요한 날. 평일 낮에 카페에 앉아 책과 커피를 앞에 둔 게 얼마 만인지. 어렵지 않던 이런 일상에 손을 뻗지 못한 채 몇 달을 지냈다. 정신 건강과 몸 건강이 안으로 밖으로 탈탈 털리던 시간을 보낸 후 남겨진 건 바닥에 가라앉아 멀리 나가보지 못하는 마음뿐이었다. 홍소를 터트린 게 언제인가 싶다. 따져보면 아예 웃지 않은 건 아니었다. 괴로울수록 삘쭉하게 웃는 게 우리 인간이 아니던가.

오늘의 스트레칭 도구

며칠 전에는 아이돌 그룹 '여자친구'가 KBS 〈스케치북〉에서 〈시간을 달려서〉를 부르는 걸 보고 눈물만 주르륵 흘렸다. 과자를 먹으며 보던 중이었다. 과자를 입에 담은 채로 눈물이 흘러 나왔다. 입을 크게 벌리고 떠들썩하게 웃는 웃음이 있다면 입을 다물고 하염없이 우는 울음도 있지 않을까. 꼭 받아야 했던 검진을 1년 넘게 미루다가 이제 막 다녀온 지 얼마 되지 않았다. 내 몸이 보낸 편지를 제일 구석으로 치워놓고 모른 척한 채, 눈앞의 일들을 바쁘게 처리하며 지내던 나날이 결국 나를 침울의 웅덩이에 빠지게 했다.

병원에 다니면서 한동안은 아무것도 못하고 그저 나를 겨우 옮기며 지냈다. 병원에 앉아서 내 차례를 기다리는 동안 조금씩 일상적인 생각을 할 수 있게 되자 책을 챙겼고, 그 책을 동네 카페에까지 들고 나오게 되면서 뚝뚝 끊긴 듯했던 나의 일과가 조금씩 붙기 시작했다. 누군가의 책은 나와 나를 이렇게 이어주며, 단어 하나 문장 몇 줄로 기어이 내 쪽을 보게 한다.

오늘 다가온 잠잠한 마음은 오늘의 단어가 될 것이다. 그 단어들을 모아보면 그제서야 펼쳐지는 지난 이야기들이 있지 않을까. 그 이야기들을 책을 대하듯이 어루만질 수 있다면 얼마나 좋을까. 그렇다면 나의 이야기 또한 아는 단어, 아는 이야기가 될지도 모른다. 책을 읽다가 문득 멈추게 만드는 단

커피식 스트레칭

어 하나가 있다면 읽기를 멈춰도 좋다. 대신 읽게 될 내 이야기가 내 안에서 펼쳐질 때, 나는 나에게 숙인다. 책을 읽는 것처럼 보이겠지만 사실 눈은 나를 바라보고 있다. 그 순간 책은 그저 고마운 존재가 된다.

> 사이사이 지나가는 천진하고 충만한 순간들이 있다. 시간이 흐르고 생이 존재하는 동안에는 필연적으로 존재하는, 그래서 결코 사라질 수 없는 중립의 시간이 있다. 그 어떤 불행의 현실도 이 불연속적 순간들, 무소속의 순간들, 뉘앙스의 순간들을 장악할 수 없고 정복할 수 없다. 그래서 불행의 현실들 속에서도 생은 늘 자유와 기쁨의 빛으로 빛난다.
>
> _김진영, 『아침의 피아노』(한겨레출판, 2018) 중에서

## 없지만 있는 책

사람마다 여행의 의미가 다를 테지만, 나에게 있어서는 책방 탐방이다. 새로운 도시에 가면 우선 그 지역 책방을 찾아보는 일로 하루를 시작한다. 여행뿐만 아니라 오랜만에 다른 동네에 갈 일이 생기면 지도 앱에 '책방' 두 글자를 검색한다. 책방이 우선되는 하루가 내겐 언제나 여행이다. 어떤 책방이든 그곳의 분위기를 차근차근 읽어내는 시간은 재미가 있다. 언어가 달라서 못 읽는 책이 대부분이더라도 큰 문제가 되지 않는다. 책방은 책을 읽으러 가는 곳이기 이전에 책의 세계를 만나러 가는 곳이니까.

몇 해 전, 북큐슈 여행 때는 방문하는 책방마다 어딘가 들뜬 공기가 떠다녔다. 입장하기 전부터 커다란 포스터가 붙어 있어서 금방 눈치챌 수밖에 없었다. 무라카미 하루키의 7년 만의 장편소설 『기사단장 죽이기』의 출간을 알리는 포스터였다. 그 크기가 어찌나 큰지, 눈길을 두지 않기가 어려울 정도였다. 아직 출간 전인데도 서점마다 각 공간의 크기에 맞게 은근한 축제의 분위기가 흐르고 있었다. 무라카미 하루키를 잘 몰라도, 좋아하지 않더라도, 이런 분위기에서라면 괜히 덩달아 읽게 될 것 같았다.

소리 없이 수선스러운 분위기가 책의 언어로 전해지는 일은 책방을 사랑하는 사람에게는 특별하고 흥겨운 경험이었다. 한 나라를 대표하는 소설가의 본격 장편 출간. "하루키! 7년 만의! 본격 장편! 곧 출간!"을 외치는 소리가 떠들썩하게 들리는 듯했다. 책을 좋아하는 사람이 서점 탐방을 목적으로 여행을 생각 중이라면 우선 그 지역 인기 작가의 출간 일정부터 체크해보라고 알려주고 싶을 만큼 특별한 기억이었다.

후쿠오카에서는 관광객은 좀처럼 가지 않을 듯한 한적한 동네를 하루 일정으로 꽉 채우기도 했다. 친구로부터 조용한 동네 카페 하나와 카페의 맞은편에 있는 책방 하나를 추천받았기 때문이다. 책방은 좋아하는 음악가가 공연을 한 적이 있는 곳이었다. 일전에 친구가 후쿠오카 여행을 다녀오면서 여기저기에 비치되어 있던 그 음악가의 공연 포스터를 컬러별로 가져다주었고, 나는 그것을 한동안 작업실 벽에 붙여두고 지냈다. 드디어 그 책방을 방문할 기회가 생긴 것이다. 물론 포스터에 인쇄된 공연은 이미 과거의 일이지만, 그로부터 미래의 책방에 도착해서 지난 공연 장면을 상상하는 것만으로도 즐거우니까. 게다가 근처에 우엉 우동집까지 삼종 세트로 추천을 받았다. 여행지 추천을 잘 하는 사람은 예쁜 모양의 코스를 알려준다. 좋은 카페 하나, 머물기 좋은 책방 하나, 맛있는 식당 하나.

결론적으로 그중 내가 방문한 곳은 우엉 우동집 한 곳이었다. 카페는 쉬는 날도 아닌데 휴무였고, 책방은 어째 꽤 오래 닫아둔 듯했다. 여행 전부터 카페와 책방은 꽤 선명하게 그려졌는데, 막상 현실에서는 어떤 장면도 그려 넣을 수 없어 마음이 한껏 내려갔다. 하지만 우엉 우동이 남았고, 오늘의 시간이 남았으니 다시 기운을 냈다. 우엉 우동은 맛있었다. 화환처럼 둥글게 만든 우엉 튀김이 우동 그릇 위에 놓여 있는 꽤나 기세 좋은 우동이었다. 헛헛한 마음을 우동으로 배부르게 채운 후 덜 쳐진 기운으로 걷다가 우연히 책방 하나를 발견했다. 일부러 찾아갈 만한 외관은 아닌, 그야말로 동네의 오래된 책방이었다.

동네 사람들이 문제집이나 잡지를 사러 들르기 딱 좋아 보이는, 너무 작지도 그렇다고 크지도 않은 책방 앞에 서서 들어갈까 말까 고민했다. 입구에는 역시나 무라카미 하루키의 장편소설 출간을 알리는 포스터가 붙어 있었고, 나무로 만들어진 오래된 문 주변에는 지도, 잡지, 신문 등 딱 봐도 이 자리에 한참 진열되었던 것처럼 보이는 책과 종이 들이 쌓여 있었다. 우동만 먹고 동네를 떠나기가 아쉬워 책방에 들어가 보았다. 외지인이라도 오래 머물기 좋은 뚜렷한 콘셉트를 갖고 있는 신간 서점이나, 지역 작가들과 함께 협업하여 전시나 행사를 꾸리는 작은 책방은 아니었지만, 동네 사람들이 가벼운 차림으로 필요한 책을 사러 방문하는 모습을 상상하고 그들의 책 생활을 그려보며, 좁은 통로를 어슬렁어슬렁 다니며 천천히 구경했다.

한 바퀴 돌고 다시 입구 쪽의 서가에 도착하기까지 긴 시간이 걸리지 않았다. 카운터 근처의 서가로 눈을 돌렸는데 투명한 점선으로 된 책 한 권이 보였다. 책은 없었지만 책이 보였다.

"무라카미 하루키 7년 만의 본격 장편 출간. 2/24(금) 입고됩니다! 예약 접수 중입니다."

손글씨로 쓴 한 장의 종이가 곧 나올 책의 자리를 지키고 있었다. 카운터에 둘 수도 있었을 텐데, 책 한 권을 위해서 서가를 미리 비워두고 있는 모습이라니. 책을 기다려온 책방의 커다란 환대였다. 출간 전부터 책의 자리를 만들어두는 일. 책의 세계에서 이것만큼 큰 환대가 또 있을까.

만약 나라면, 내가 책방 주인이라면, 미리 서가를 비워두고 싶은 책은 어떤 책일까. 어떤 작가의 책을 기다리면서 살고 싶을까. 사람들이 내가 비워둔 서가의 출간 예고 메모를 보고서 카운터로 다가와 예약 주문을 한다고 상상해보면 와아, 이것만큼 큰 행복이 또 있을까 싶다. 독자로서도 기다림이 더해진 독서는 분명 더 큰 행복으로 다가갈 테다.

후쿠오카에서 나가사키로 떠나기 하루 전, 하카타에 위치한 무인양품에서 시간을 보냈다. 무지 북스를 운영하는 지점이라, 꽤 많은 종류의 책을 만날 수 있다. 관광객을 위한 여행책은 물론, 각종 실용서와 생활방식과 관련된 카테고리의 책들이 즐비한 곳이라 후쿠오카에 가면 한참을 머무는 곳이다. 마침 기획전으로 여러 만화가의 책들이 네모난 나무 박스를 하나씩 채우고 있었는데, 내가 좋아하는 만화가 타카노 후미코의 코너도 한 칸 차지하고 있었다. 좋아하는 만화가의 책으로 꽉 찬 한 칸이 내 앞에 차려진 순간, 내 안에서도 나만의 작은 축제가 시작되었다. 내가 올 줄 알고 누가 이렇게나 잔뜩 책을 모아둔 걸까. 배낭이 하나뿐인 사실도 잊고 몇 권을 챙겨 계산대로 향했다. 야, 누가 무인양품에서 만화책을 이렇게 많이 사냐…. 나는 나에게 킥킥거렸다. 꾹 다문 입속 가득 기쁨을 머금고 있던 내 표정을, 나는 보지 않아도 알 수 있었다.

배낭 속 세 권의 책은 이미 나의 동행자가 되어 있었다. 책 세 권이 함께하는 여행에는 조금 다른 이야기가 더해질 것이다. 나가사키로 향하는 밤 기차에 몸을 실었다. 이 여정이 끝나고 나의 자리로 돌아가서 작업실에서 가장 잘 보이는 책장에 이 세 권을 올려둘 생각을 하며, 머릿속에서 미리 나의 서가를 비워두었다.

## 오늘의 책을 만나러 간다

동네 책방이라는 말을 떠올리면 비록 우리 동네는 아니지만 몇 번 방문한 적 있는 잘 모르는 동네의 책방 하나가 단번에 떠오른다. 제일 가까운 역에서부터 13분가량을 걷거나 버스를 타야 하는, 지역 사람이 아니라면 궁금한 표정을 지으며 입장하게 되는 책방이다. 그 책방의 점주가 낸 책에는 이런 글이 있었다.

"이제 막 만난 책, 그 사람에게만큼은 신간이다."

이 말은 그 어디의 동네 책방 문을 열 때마다 자연스럽게 펼쳐졌다. 책방의 문을 열어젖히면서 오늘만큼은 나에게 신간일 책 한 권을 기대하게 된다. 어떤 책이든 누군가에게는 신간일 수 있다는 마음으로 자신의 책방 서가를 꾸리고 있는 이를 생각하면, 남의 동네에 있는 책방이라도 부지런히 나의 동네 책방으로 삼고 싶어진다.

확실히 이런 '신간'은 오프라인 책방이기에 만날 수 있다. 그리고 바로 이 점이 동네 책방을 좋아하는 이유다. 내가 모르던 책, 평소에 자주 접하지 않았던 출판사의 책, 요즘 관심이 가던 분야의 책, 어쩌면 알고 싶었던 이야기인지도 모르는 책이 마음껏 펼쳐져 있는 책방. 이런 책이 많으면 많을수록 오래, 또 자주 머물게 된다. 나를 오래 머물게 할수록 나에게만큼은 좋은 책방이 된다.

내가 사는 곳에서 너무나 멀리 있지만 이 책방의 오픈 공지 사진과 글을 매일 확인한다. 카페와 갤러리를 겸하고 있는 곳이라 날마다 커피나 케이크 사진도 함께 올라오고, 전시 풍경을 담은 사진이 올라오기도 한다. "안녕하세요. 오늘 개점했습니다" 하며 시작되는 글에는 그날의 공지가 부드럽게 이어진다. 그러면 나는 내 자리에서 "오늘도 열었구나" 하며 잠시 그곳의 기운을 느끼고 다시 나의 하루에 진입한다.

책방을 처음 방문했던 날을 나는 오래 기억하고 있다. 바깥은 이제 막 어두워지고 있었고, 책방의 불빛만이 거리를 밝히던 시간이었다. 책방 문을 여니 토크 이벤트 준비가 한창이었다. 종이 한 장을 가리키며 내 이름을 묻기에 당황해 하니 점주가 곧장 웃으며 편히 둘러보라는 말을 건넸다. 나는 단번에 마음이 불편해졌다. 점내 가득 의자가 깔려 있었고, 조금씩 사람들로 채워지고 있었다. 나만 나 자신을 불청객으로 여기기 시작했다. 그냥 나갈까 하다가 기왕 온 김에 실컷 구경하진 못해도 대략 둘러보자며 급히 눈알을 굴렸다.

그때 내 마음을 그나마 안정시켜준 것은 점주의 태도였다. 그는 어느새 비어 있던 카운터로 이동해서 나를 위한 자세를 취하고 있었다. 카운터에서 책을 계산하러 올지 모를 누군가를 기다리는 분위기가 풍기기 시작했다. 토크 이벤트에 참석하러 온 사람을 향한 태도가 아니라, 책을 구경하는 단 한 명을 향한 태도였다. 평소 사고 싶던 책들을 꽤 많이 발견해서 몇 권을 들고 빠르게 카운터로 가져갔다. 내 이마에는 땀이 송골송골 맺혔고, 얼굴에는 아직 긴장의 표정이 남아 있었다. 그런 내 모습을 봤는지 점주는 최대한 천천히 계산을 마쳐주었다. 급한 내 마음에 괜찮다고 말을 거는, 말이 없는 말이었다. 그 첫인상을 진하게 기억한 채, 오늘도 SNS에 올라오는 책방의 개점 인사를 멀리서 지켜보며 묘하게 안심하고 있다.

한 번은 태풍이 너무 심했던 날, 당연히 책방에 아무도 오지 않을 것 같아 책방을 닫으려다가 예정대로 열었다고 했다. 그러다가 그 빗길에 책방을 찾아온 손님을 맞이했다고 했다.

누군가 나의 약속을 믿고 먼 걸음을 하는 장면을 자신의 책방에서 목격한 것이다. 그날부터는 책방을 닫고자 하는 마음을 가볍게 먹지 않는다고 한다. 누군가가 나의 약속을 믿고 책방을 목적지 삼아 걸어오는 장면은, 책방을 꾸리는 이의 마음을 내일로 향하게 하지 않았을까.

이 세상에는 태풍이 와도 책방에 가기로 마음먹은 날에는 무작정 그리로 향하는 사람이 있고, 또 묵묵하게 책방을 여는 사람이 있다. 이런 이야기는 책방을 사이에 두고 얼마든지 일어난다. 사사롭고 부지런한 이야기. 멀리 혹은 가까이 있는 책방들을 그려보면, 내 자리에서 나 또한 부지런해진다. 어제와 비슷한 책방 풍경이지만 사진을 찍어 올리며 개점 소식을 알리는 짧은 게시 글을 보면서, 나 또한 오늘 내야 할 기운을 활짝 낸다.

역시 가장 좋은 책방은 문을 여는 책방이 아닐까. 지속하는 책방, 그리고 늘 같은 시간에 어김없이 문을 열고 닫는 책방. 책방이 한마을에서 오래 운영될 수 있으려면 그 지역 사람들의 꾸준한 운동이 필요하다. 기왕이면 동네에서 책을 구하기로 마음을 먹는다거나, 책방을 방문할 때 한 권 이상은 반드시 구매한다거나, 하루 이틀 정도 책을 기다리는 맛을 기른다거나, 주기적으로 방문하며 이 마을에 사는 사람의 독서 경향을 꾸준히 제공한다거나 하는 운동. 그러다 보면 책방 또한 조금씩 그것에 발맞춰 책방을 밝히며 넓혀갈 것이다.

나의 오늘을 만나러, 오늘 나의 신간을 만나러, 동네 책방을 드나드는 풍경이 많아지면 좋겠다. 많은 사람들이 오늘의 동네 책방 풍경을 자주 모으며 지냈으면 좋겠다. 그래서 나의 동네 책방들의 문이 자주 열리고 닫히면 좋겠다. 내 자리에서 나의 동네 책방들을 떠올릴 때면 닫힌 책방이 아닌 열려 있는 책방으로 그려질 수 있도록.

그날은 밤이 되어 손님도 조금 들어왔습니다. 마음속 어딘가에서 하루 종일 불안했던지 밤의 거리에 오도카니 켜 있는 서점의 불빛에 안도한 모양이었습니다. 늘 찾아오는 손님이 가져온 몇 권의 계산을 끝내고 '오늘은 힘들었지요' 하는 표정으로 말을 나누고 이유도 없이 아아, 일이란 이런 것의 되풀이인가, 하고 생각했습니다. 손님과 서점을 잇는 실은 가늘고 미덥지 못하지만, 그것이 끊어지지 않도록 그 끝을 어떻게든 잡고 있으려고 생각한 하루였습니다.

_쓰지야마 요시오, 송태욱 옮김, 『서점, 시작했습니다』(한뼘책방, 2018) 중에서

언젠가 읽은 책은

아무런 날에 나를 찾아와

조용히 환기를 시킨다.

## 종이 세상에서의 상상의 너비

문구 제품을 만드는 세상에서 마음을 순간 허탈하게 만드는 후기가 있다. '생각보다 크네요' 혹은 '생각보다 작네요' 같은 후기들. 문구만이 아니라 손에 잡히는 물건들에 대한 후기라면 빠지지 않는 말이다. 아무리 상세 페이지에 제품의 크기나 실물의 느낌에 대해 자세하게 설명을 해두었더라도 어김없다. 언제나 실물에 대한 객관적 정보보다는 물건을 마주하기 전에 상상한 감상 쪽이 이기는 느낌이었다. 얼마나 더 자세히 상상하는가에 따라 마음의 결말은 달라진다.

물건을 사는 사람만의 문제가 아니다. 물건을 만드는 과정에 놓인 사람에게도 이런 상상력은 매우 중요하다. 문구 디자이너로서 일하며 디자인 실무자들과 한 공간에 모여 지낼 때는 당연한 일이었다. 우리가 만들 물건이 어떤 모습이 될지, 실제 제작에 들어가면 어떻게 구현이 될지, 재료에 따라 어떻게 달라질지, 실무자들은 그저 잠깐 모여 이야기해도 금세 서로 비슷한 상상을 하곤 했다.

인쇄를 최소화하고 재활용 종이의 서걱거리는 질감을 부각시키는 친환경 노트를 제작할 때였다. 형광등 같은 A4 용지에 뽑은 시안 위에 종이 샘플을 붙여 놓고, "종이는 이번에 새로 나온 과일 껍데기로 만든 종이가 있어서 한번 써보면 어떨까 하는데요" 한마디를 하면, 모두가 달라붙어 작디작은 종이 샘플을 꼼꼼하게 만져본다. 이미 회의 테이블에는 하나의 디자인에 3종으로 구성된 노트가 눈앞에 펼쳐진다. 거기에 또 하나의 재료를 더한다. "면 테이프는 이 중에 하나 하려고 하는데요" 하며 내가 뽑아간 시안에 면 테이프를 알맞게 잘라 올려두면, 이미 노트가 앞에 놓인 것처럼 여러 의견들이 오고 간다. 납작하게 누운 노트만으로도 디자인 실무자들은 실제에 가까운 노트를 상상한다. 그 세계를 떠나 한 발짝 떨어져 바라보니, 참으로 멋지고 귀여운 장면이었구나 싶다.

지금의 나는 더 이상 디자인 업무를 하진 않지만 책에 들어갈 글과 그림을 작업하고, 작은 종이 제품을 만드는 작업자로 지내고 있다. 작업의 결과물이 손에 잡히는 물성을 가지고 있다는 건 여전하다. 얼마나 더 자세히 상상하는가에 따라 얼마나 더 부드럽고 편안하게 일이 진행되는지가 정해진다는 것에서도 그렇다.

프리랜서로 일하면서 처음으로 다른 제작 팀과 협업하여 천으로 된 제품을 만든 적이 있었다. 천을 기반으로 일상에 필요한 크고 작은 물건을 만드는 팀을 만난 건 나에게 행운과도 같았다. 천에 있어서는 전문가인 두 사람과 만나니, 그림이 자리할 공간이 다양해졌다. 내 그림을 천 여기저기에 앉혀 보며 회의를 진행하던 날, 어떤 방향이든 좋을 것 같다는 분위기로 접어들었을 때 지나가듯이 작은 아이디어를 냈다. 천으로 북 커버를 만들 줄은 상상도 못했을 때, 혼자 작업실에서 놀듯이 만들어본 종이 북 커버 시안이 있었다. 천으로 구현하면 어떨까 고민이 되었지만 이런 작업도 혼자 해봤다며 넌지시 두 명의 천 전문가에게 내밀었을 때 이상하게 반응이 뜨거웠다. 북 커버 전체 면적에 실크스크린으로 인쇄를 해야 가능한 사양이라서 조금 주저한 부분이 있었지만, 그들에게는 어려울 거 하나 없는, 오히려 재밌는 방향이었다. 천의 세상에서 마음껏 유영하며 지내는 두 사람에게는 내가 하지 못하는 상상의 너비가 있었다.

테이블에 모여 앉은 채로 사이즈를 정하고, 그림 색을 정하고, 천의 종류와 고정하는 끈의 색감과 가름끈의 색을 순조롭게 정해나갔다. 내 손을 잡고 내가 모르는 숲속을 당당하게 걷는 두 사람 덕분에 내 그림은 어느새 천 위에 자연스럽게 자리해 있었다. 내가 그린 단편 만화에서 대사 부분은 몽땅 빼고 컷으로 분리되어 있는 그림으로만 북 커버 전체를 꽉 채웠다. 그림의 표정만이 말하는 이야기가 분명 있을 텐데, 그 이야기를 북 커버를 사용하는 사람들이 상상해주었으면 하는 마음이었다. 북 커버의 그림을 보며 나름의 이야기를 그려본 사람이 뒤늦게 나의 단편 만화를 읽게 되면 어떨까. 그것을 뒤늦게 접하는 것은 또 다른 독서가 아닐까. 이건 어쩌면 이 세상 모든 책에 통하는 방법일지도 모른다. 책 표지만이 던져주는 상상할 거리가 있고, 뒤늦게 책 속 이야기를 접하고 표지를 다시 완전히 이해하게 되는 것처럼 말이다. 나는 나의 작업과 나의 취향에 딱 맞는 북 커버를 만들게 되었다.

없던 걸 있게 만드는 직업은, 없는 걸 생생하게 상상하는 일이기도 하다. 상상 속에서는 이미 제작을 완료하고, 판매 매대를 지나고, 누군가의 방에 조용히 놓여 있는 모습에까지가 있곤 한다. 구입한 사람이 그 물건을 잊어버린 어느 날까지도. 여기저기 가닿는 상상이 이루어질 때, 오래도록 잊히지 않는 물건이 만들어진다. 제작을 잘 아는 실무자가 아니더라도 즐겁게 얼마든지 상상하는 힘을 기른다면 일을 하는 스펙트럼은 무궁무진하게 넓어질 것이다. 설득을 바라는 입장에서 멈추지 않았으면 좋겠다. 없는 걸 기꺼이 이해하는 마음으로 일한다면, 도착한 실재의 물건은 분명 다르게 보일 테니까. 그런 입장이 어떤 과정에서든 훨씬 더 즐겁지 않을까.

손으로 만들기 때문에 한 점씩 표정이 다릅니다.

_어느 그릇 브랜드의 "구입 전 주의사항" 중에서

## 순서를 만드는 기분

매번 비슷하고도 조금씩 다른 일을 하면서, 그 안에서 자잘한 즐거움을 찾길 좋아한다. 책에 들어가는 그림을 그리는 사람이기도 하고 책이 되는 글을 쓰는 사람이기도 하지만, 앨범 하나를 만드는 음악가의 기분이 되어보기도 하고, 목차를 정하는 편집자의 기분이 되어보기도 하고, 상품을 진열하는 잡화점 직원이 되어보기도 한다.

표지 그림 작업을 진행하며 스케치 시안을 그릴 때도 그렇다. 어느 정도 스케치의 분위기가 정해진 단계에서는 보통 서너 개 정도의 시안으로 정리해서 보내는 편이다. 너무 많으면 책의 내용을 제대로 파악하지 못한 것처럼 보이고, 또 너무 적으면 이 스케치에 마음을 다 쏟지 않은 것처럼 보일 것만 같다. 실은 회사원 시절에 너무 많은 시안을 가져간 한 디자이너에게 "너무 많으니까 여기에서 딱 네 개만 추려서 다시 가져올래?"라고 말했던 상사의 말이 이상하게 나한테 남아버린 탓도 있다.

그렇게 꾸린 스케치 중에서도 유독 마음이 가는 시안이 있을 수밖에 없다. 어차피 일을 받아 하는 입장이지만 내가 그린 그림들 중에서도 썩 마음에 드는 그림은 언제든 존재하게 마련이다. 같은 책의 표지 시안이지만 저마다의 내용이 다르다. 표지 그림에 따라서 책의 온도나 말투가 달라지기 때문에, 시안을 둘러보면 내 취향에 꼭 맞는 말투로 책을 감쌀 준비를 하고 있는 그림이 보인다.

그런 그림은 스케치인데도 괜히 선을 몇 번 고치기도 한다. 이 점을 알아주었으면 하고, 뽑혔으면 하는 마음을 나도 모르게 담는 것이다. 하지만 티를 내고 싶지는 않다. 네 개의 시안들 모두 이미 내 안에서 여럿의 장면들을 지나쳐 등장한 그림으로 저마다의 이유가 있기에, 시안 옆에 그 이유를 간략하게 적어두기도 한다. 그림만 있을 때와, 작은 글귀 하나가 더해질 때는 그 분위기가 전혀 다르다.

지금부터는 스케치 시안 작업 중 가장 좋아하는 과정이다. 네 개로 추려진 시안을 어떤 순서로 배치할 것인지 고르는 일. 우선 담당자의 마음이 되어본다. 메일에 첨부된 파일을 처음 열었을 때의 순간을 상상한다. 보통 PDF 파일로 한 페이지에 시안 하나를 앉혀서 보내고 있어서, 파일을 열면 A번의 시안이 열린다. A시안에는 표지가 되기에는 조금 약하지만 왠지 귀엽거나, 이 중에서 가장 내 그림 같거나, 기다리던 마음을 건드릴 만한 그림 시안을 배치한다. 첫인상이 중요한 법이니까. 타이틀곡은 아니지만 귀를 반기는 첫 번째 트랙처럼, 첫 꼭지로 넘어가고 싶어지게 만드는 프롤로그처럼, 문을 열고 들어가 만나는 작은 소품처럼, 커피 메뉴 제일 위의 블렌드 커피처럼. 안심하면서 다음을 기대하게 만드는 시안을 A로 삼는다. 선택을 받지 않을지도 모르지만, 표지로 확정되기에도 충분한 그림이어야 한다는 말이기도 하다.

웃기지만 이건 온전히 나의 기준이고 망상이다. 파일을 여는 사람은 아무 감정 없이 클릭 클릭 클릭하며 넘길지도 모르지만, 그래도 상관없다. 나에게는 그림을 그리는 시간만큼 시안의 순서를 정하는 시간 또한 중요하고, 이런 재미라도 나에게 있어야만 까딱하면 덜 열심히 할지도 모를 일에 애정을 가질 수가 있다.

그렇다면 제일 마지막 시안에는 어떤 그림을 넣으면 좋을까. 나는 대체로 '이런 것도 있답니다'의 느낌으로, 앞의 시안과는 다소 다른 분위기의 시안을 슬쩍 끼워 넣는다. 어쩌면 조금 좋은 쪽으로 이상한 사람이라면 고를지도 모르는 시안, '흐음' 하면서 가볍게 보다가 파일을 다시 앞으로 넘기게 되는 시안을. 무슨 말인지는 알 것 같은 시안이기도, 어쩌면 이쪽이 재미있을지도? 하고 생각하게 하는 시안을 넣는다. 하지만 네 개의 시안은 대체로 같은 이야기를 하고 있어야 한다.

그러면 가장 마음에 드는 시안은 대체 어디에 두면 좋을까? 그건 표지 작업을 지금도 하고 있고, 앞으로도 꾸준히 하고 싶은 한 명의 작업자로서 비밀로 해두고 싶다. 작업에 따라 가장 마음에 드는 시안을 맨 앞에 넣기도 하지만, 어떤 시안들이 모였느냐에 따라서 달라지기도 한다.

지금까지는 가장 높은 확률로 시안 B가 선택이 되었다. 마지막 시안은 대체로 선택되지 않았지만, 한 번은 자꾸 마음이 간다는 이유로 마지막 시안의 그림이 예정에도 없던 책 본문의 그림으로 채택이 되기도 했다. 이거 괜찮나? 하면서도 그냥 보내본 나 스스로를 칭찬했다. 한 번 작업한 것으로 돈을 더 벌게 된 셈이니까! 하나의 표지를 작업하더라도 아주 잠깐은 혀를 내밀고 온 마음을 써서 그림의 순서를 골라본다. 최대한 그런 내 마음이 보이지 않게 숨기면서.

어차피 일이지만, 어떤 그림이 선택됐느냐에 따라서 나의 사적인 즐거움도 조금씩 바뀌곤 한다. 메일이 도착한 걸 알았지만 마음이 떨려서 설거지를 하고 커피를 내린 후에야 메일을 열었는데, 내가 마음속으로 밀었던 시안이 만장일치로 정해졌다는 말에 종일 닫아둔 마음이 활짝 열렸다. 시안 순서 배치에 정성을 들인 보람을 이럴 때 느낀다. 순서와는 상관없었을지도 모르지만, 어쩌면 작은 차이로 마음이 일어나는지도 모를 일이니까.

이제 본작업이라 부르는 채색 작업만 하면 표지 작업의 여정은 끝이 난다. 정해질 게 다 정해져서 과거의 내가 그린 흐린 선 위에 적절한 먹 선과 몇 개의 색을 더해 완성한다. 이 과정은 어쩌면 표지 작업 중 가장 따분하다면 따분하다. 흐뭇하게 따분한 과정이다. 하지만 이 과정에서 가장 어려운 난관을 맞닥뜨린다. 스케치에 아무렇게나 그린 캐릭터의 표정은 아무리 따라 그려도 그대로 구현이 되질 않는다. 세 개의 점과 선 하나로 정리되는 얼굴 그림인데도, 스케치에서 피워내고 있는 느낌 좋은 인상은 아무래도 표현되지 않는다. 어째서 스케치 단계의 그림을 뛰어넘는 표정을 만나기 어려운 걸까. 내심 외로워져서 일이 끝난 후에도 때때로 스케치 시안 파일을 열어보곤 한다. 나만 만날 수 있는, 가장 마음에 드는 표정들이 파일 속에서 따스운 잠을 자고 있다. 이 또한 매번 비슷하고 조금씩 다른 일을 하면서 찾는 즐거움 중 하나이다.

어제의 마음과 내일의 생각

## 외짝사랑의 고쳐 쓴 다짐

온통 그림을 그리고 싶다는 생각에 휩싸여 있던 고등학생 시절. 어느 날 집으로 돌아가는 길모퉁이에서 자동차 창에 비친 나뭇잎 그림자를 보는데 저것을 그리고 싶다는 생각이 강하게 들었다. 하지만 내 손으로 이 아름다움을 표현할 수 있을까 질문을 던지자마자 마음이 낮아졌다. 어디부터 시작해야 하나 망설이던 순간, 곧장 작은 다짐 하나를 했다.

"매일 그림을 그리자."

결코 사소한 다짐이 아니었다. 당시의 내 눈에만 작아 보였을 뿐이었다. 매일 어기지 않고 그림을 그려야 한다고 생각하니, 그런 하루를 사는 사람이라면 갖춰야 하는 책상의 모습만 떠올랐다. 그 당시 나의 책상이라고는 학교 책상뿐이었다. 무언가를 시작하려고 마음먹자 그제서야 내 하루가 보였다. 조금이라도 나아지는 분위기가 엿보일 때 시작하고 싶어서 첫 페이지를 펼치기까지 더뎌졌다. 그림을 그리고 싶다는 절절한 마음이 갈수록 그윽해졌고, 내 시간 속에 '그림'이라는 단어를 이전과는 다르게 집어넣으며 그림을 그리는 사람으로 살고 싶어졌다. 그때 나는 또다시 나와 무언가를 약속하려 했다.

"그림을 거의 매일 그리자."

매일 앞에 "거의"를 욱여넣은 다짐에는 얼핏 매일처럼 보이기만 하면 그만이라는 다소 비겁한 마음이 그대로 비쳤다. 훗날의 나를 안심시키는 약속일뿐이라, 그 문장은 곧 알아서 지워졌다. 그간의 시간이 허무하게만 지나지는 않았는지 그 사이 생각하는 너비가 넓어졌고, 딱 그만큼 나에게 너그러워져 있었다. 그렇게 내가 고친 다짐의 한 줄.

"그림을 그리고 싶으면 꼭 그리자."

그림을 매일 그리자고 다짐하면 새로운 하루의 입구 앞에 빈 페이지의 스케치북이 팔짱을 낀 채로 나를 기다리고 있을 것만 같았다. 다짐하는 문장 속의 대상과 내가 함께 걷는 게 아닌, 마주 보게 되었을 때 내가 먼저 눈을 피하는 관계가 그려지는 문장이었다. 도무지 그림을 그리고 싶지 않은 날이나 아무것도 안 하고 쉬고 싶은 날도 분명히 찾아올 것이고, 그림보다는 영화 한 편을 보며 내 안에 다른 잔상을 남기고 싶은 날이나, 내 그림보다는 다른 이의 그림을 꾹꾹 눌러보기 좋은 날도 있을 것이다. 그리고 그런 날들이 모여 그림을 그리는 사람에게 어떻게든 재료가 된다.

외짝사랑만을 나누던 내 독서 생활에도 비슷한 마음이 자작하게 올라왔다. 조금이라도 관심이 생기는 책은 일단 사둬야만 했고, 그렇게 쌓인 책을 마주할 때마다 곧장 "책을 매일 읽자" 하며 나를 잡아 세운 나날이 꽤 길었다. 그림으로 뻗던 손은 그렇게 쉽게 치웠으면서 책으로 향하는 손은 그저 뻗기만 해도 좋았다. 움직이지 않으며 떠올린 희망들은 대체 어디까지 먼저 가 있는 걸까. 결국 책으로 향하던 다짐의 한 줄 또한 어느 샌가 고쳐졌다.

"읽고 싶은 마음이 들걸랑 반드시 어디든 펼쳐 읽자."

어디든 책이 놓인 일상을 살며 책과 뭉근하게 지내다 보면 나도 모르게 책에 다가가는 날이 자연스럽게 찾아온다. 그런 날에는 반드시 읽자. 읽고 싶다는 마음은 문장이 아닌 바람으로 불어온다. 그럴 때의 나는 책장에 꽂힌 한 권의 책등을 가만히 응시하곤 했다. 평소와 같이 꽂혀 있던 책이 갑자기 왜 눈에 들어올까. 그런 멀뚱멀뚱한 궁금함을 계기로 펼쳐든 책은 오늘의 책이 되고, 어쩌면 마지막 장까지 같은 날에 만날지도 모른다.

그림을 향하는 외짝사랑은 여전하지만, 내가 꾸린 그림의 세계에서의 나는 어느새 중심을 잡아가고 있다. 몇 해 전 작업한 책 표지용 그림만 봐도 계속 달라지고 있다는 걸 느끼고, 지금과 닮아진 나의 그림체를 만난다. 그림을 잘 그리고 싶던 시절을 지나 잘 그리고만 싶어 하지는 않았더니, 그림체라는 것이 완성되는 게 아니라는 걸 알게 되었다. 그림이란 완전히 다 이루는 영역이 아닐지도 모른다. 오늘치의 마음이 종이 안에서 뜻을 이루며 만족하는 것이 내가 나의 그림과 함께 바라는 일이다.

나의 분위기를 부드럽게 이어가는 가운데 기어코 조금씩 바뀌어가는 그림체. 그림을 꾸준히 그린 사람만이 겪을 수 있는 흐뭇한 과정이 아닐까. 그건 완성보다도 더 뚜렷한 기쁨인지도 모른다. 여전히 자동차 유리에 흔들리는 봄날의 나뭇잎 그림자는 그리지 못하지만, 지금은 적어도 못한다고 외로워하지는 않는다.

독서 생활에 있어서도 다독가가 끝내 되지 못하겠지만, 내 방식의 책 사랑은 어떻게든 내 안에서 진해질 것이다. 오늘이기에 만날 수 있는 책과 문장이 분명히 존재할 테니까.

# 종이로 꾸는 꿈

실용서와 잡지를 좋아하게 된 건 대학생 때부터였다. 책 속의 장면에 자신을 그려 넣을 줄 알게 된 게 말이다. 나의 여러 시절이 그렇듯 시간이 지나면서 광화문 교보문고의 분위기도 조금씩 달라졌다. 책의 분류나 시디와 문구를 판매하는 코너가 자주 바뀌었고, 있었다가 사라진 것도 많았다. 지금의 핫트랙스 문구 코너는 내가 대학생일 때만 해도 외국 서적 코너였다. 그곳은 아직 학생이던 내가 미래의 내 방을 그려보는 공간이기도 했다.

당시의 외국 서적 코너는 얇은 가벽으로 분리되어 있었다. 그 안에는 외국 서적과 예술 서적이 한데 모여 있었고, 계산대 또한 그곳에 동그란 테이블로 따로 있었다. 지금보다 외국 서적의 종류뿐만 아니라 그 양도 많았고, 그에 비해 사람은 적어 늘 한가한 분위기였다. 서점보다는 외국 도서관에 있는 느낌이 들었다. 그때만 해도 비행기를 타고 다른 나라에 간 적이 없었고, 그렇기에 이국적인 분위기를 마음껏 상상하려 들었다.

분리된 코너이다 보니 또 하나의 입구가 존재했다. 입구 쪽에는 세일 중인 외국 서적과 예술 서적이 진열돼 있었다. 나는 언제나 세일 서적을 먼저 체크했다. 언젠가 사고 싶었던 책이 세일 가격으로 나와 있을지도 모르니까. 입구를 살피는 건 들어가기 전과 후 모두에 해당되었다. 그렇게 가벽으로 막힌 새로운 세계에 들어서면 외국 서적이 가득했고, 일본 잡지와 실용서를 종류별로 만날 수 있었다.

생활과 관련된 잡지를 발견한 것이 그때였다. 무언가를 사고 싶은 마음이 앞서고, 또 새롭고 싶은 마음만은 넘치지만, 앞으로 어떻게 살고 싶은지는 막연하기만 하던 때였다. 어떻게 살지 고민하느라 괴로운 게 아니라, 모르기에 질문할 줄 모르는 태평한 상태가 오늘도 내일도 이어졌다. 내 생활과 친구의 생활에서는 물론이고 주변에서도 볼 수 없던 분위기들을 그때 만났다. 멋진 공간이 멋스럽게 찍혀 있는 사진들이 나를 잡아 세웠다. 눈을 감고 커피 원두 냄새를 음미하게 된 건 그로부터 꽤 긴 시간이 지나서였지만, 느긋한 분위기로 커피를 내리는 사진만으로도 기분이 좋아질 수 있음을 알게 되었다. 처음 보는 도구들이 놓여 있는 외국의 방들, 화려하지 않지만 햇빛이 내려앉는 평온한 주방, 느긋해 보이는 나무 가구, 책과 도구 들이 꽂힌 고요한 서재와 낡은 책상. 내 삶에서 당장은 그려지지 않는 장면이었지만, 어쩌면 내가 만들 수 있을지도 모르는 내 하루의 단면 같았다.

잡지 옆에는 생활 카테고리의 실용서들이 같은 언어로 즐비했다. 고등학교 때부터 일본어를 배우긴 했지만, 가장 낮은 등급의 자격증을 딴 정도였기에 히라가나나 쉬운 한자로 내용을 파악할 뿐 원서를 읽는 건 역시 다른 차원이었다. 그래도 사진과 일러스트만 봐도 어떤 삶을 지향하고 있는지는 눈치챌 수 있었다. 따뜻한 색감의 원목 식탁과 부드러운 리넨 패브릭이 서로 어울린다는 걸 그때 처음 알았다. 무엇보다 그런 모습에 마음이 느긋해진다는 기분도 처음 느꼈을 테다.

어느덧 광화문 교보문고는 볕이 꽉 들어차는 집의 이미지를 들춰보는 장소가 되었다. 사고 싶은 책을 모두 살 수 없는 나이였으니 가능하면 자주 들춰볼 수밖에 없었고, 그럴 수 있는 에너지만큼은 넘쳤다. 학생 때의 나는 학교와 엄마 카페, 영화관, 교보문고를 갈 때를 제외하고는 대부분 집에 있었다. 그래서인지 좋아하는 게 생기면 기꺼이 몸을 가볍게 움직일 수가 있었다. 생각해보면 그때의 나는 에스컬레이터를 당연하게 타지 않았다. 보란 듯이 언제나 계단으로 다녔다. 두 칸씩 성큼성큼 씩씩하게 오르거나, 한 칸씩 뒤꿈치를 들고 올랐다. 눈앞의 에스컬레이터를 마다하지 않고, 에스컬레이터가 멈춰 있으면 고장 신고를 하게 된 건 회사를 다니며 외부로부터 지칠 줄 알게 되고 나서였다.

나열된 잡지들 중에 딱 한 권만을 살 수 있는 날이면, 후보를 정한 후에 마음이 가는 사진이 어느 쪽에 더 많은지를 한참을 들춰봤다. 빛이 잘 들어오지 않는 현실의 내 집에 데려갈, 햇볕 쨍쨍한 남의 집 사진. 종이 속 세상이 내 삶에 직접적으로 도움이 될 만하길 바라며, 지금은 그저 좋은 장면을 열심히 모으는 때라고 생각하며, 지금과 종이를 아프게 비교하기보다는 기꺼이 희망을 가지려들었다. 나에게는 다음이 분명히 있다는 희망과 좋아하는 찰나들이 모인다면야 이 한 권 같은 하루가 당연해질지 모른다는 희망. 아직은 '아직'인 나이였으니까. 언젠가 이 세상이 내 것이 된다면, 이 게임의 스틱을 내가 쥔다면, 나에게 어떤 세상을 살게 해줄지를 준비하는 마음이 생긴 것이다.

스무 살이 막 지난 나이였어도, 끔찍하거나 괴로운 일이 삶에 자꾸 찾아왔다. 오히려 그 나이이기에 찾아오는지도 모른다. 나 때문이 아니라, 내가 그곳에 있었다는 이유로 비극에 휩싸이기도 한다. 그저 내가 놓인 지금이라는 시간에 일어난 불행이 대부분이었다. 나는 비극 앞에서 그것과 눈을 맞추려 하지 않았다. 피한다고 해서 해결되는 일은 아니었지만 덜 기억하고 싶은 마음에서였다. 괴로움을 뒤집어쓰고 있지만 나의 진짜 알맹이만큼은 지키려는 마음. 지금은 괴롭지만, 나는 행복해질 권리가 있다고, 지금은 이런 일을 겪었지만, 너무 자세히는 보지 말자고, 눈을 돌리자고. 이것이 스무 살의 내가 서점 속 실용서로 달려가며 가진 마음이었다.

"이런 거 볼 때는 아니지 않니?"

종종 시비를 거는 마음이 방문하기도 한다. 실용서 속의 밝은 분위기의 사진들을 볼 때조차도 시비조의 마음이 들썩거린다. 그렇지만 좋은 걸 보고 자라고 싶은 마음은, 누구에게나 있다. 가족들 몰래 진지하게 고른 실용서들이 작은방에 하나둘 꽂힐수록 아직은 없는 나만의 방이 조금씩 커지며 또 세밀하게 채워졌다. 바로 이런 지금이라 봐야 한다고 대꾸하듯, 나는 침대에 누워서 좋아하는 장면들을 기왕이면 한 번 더 눈에 담으며 잠에 들었다.

이럴 때 꿈이 생기는 걸까. 지금 떠올리면 볼이 붉어지는 기억이라 부끄럽기도 하지만, 그때만의 마음이 탐나서 종종 돌이켜본다. 교보문고 서가 앞에서 꿈을 꾸던 나. 학교를 마치고 여느 때처럼 친구와 광화문에서 만났다. 누구든 먼저 도착해서 책을 구경하고 있으면, 그 옆으로 가서 인사를 나누는 게 우리의 일상이었다. 나는 자주 같은 코너에서 발견되었다. 그날도 외국서적 코너에서 인테리어 잡지를 보고 있는데 문득 번뜩하며 무언가 떠올랐다. 잘은 모르겠지만 마음이 분명해지는 기분이 들었고 처음으로 밝은 꿈이 그려졌다. 이 구체적인 마음이 사라질까 봐 무서워서 같이 책을 구경하던 친구에게 바짝 다가가 어깨에 손을 턱 올리고 외쳤다.

"나, 꿈이 생겼어!"

"꿈? 뭔데?"

"이런 잡지를 만드는 사람이 될래!"

어때? 하는 눈빛으로 친구를 바라봤다. 그때 내 동공은 아주 멋지게 떨리고 있었겠지. 친구는 단번에 호응해주었다.

"정말? 진짜 멋지다!"

"멋지지. 진짜 멋진 것 같아."

친구는 나의 말에 언제나 다정한 말투로 답해주었다. 진짜로 하고 싶은 무언가를 찾은 줄 알았다. 이 가벽 밖의 서가를 어쩌면 내가 바꾸게 될지 모른다는 큰 야망. 아직 아무것도 아니기에 가능한 꿈이었다. 그날의 외침은 딱 그날만큼의 기분을 가진 채로 사라졌지만, 지금 나는 어느새 책으로 이야기하는 직업을 갖게 되었고, 그때 산 잡지는 여전히 내 책장에 꽂혀 있다. 그날의 날짜가 정확히 찍혀 있는 채로.

한 시절의 잡지는 그 당시의 내가 가장 꿈꾸던 장면을 품고 있다. 몇 년 후에 다시 펼쳐보면 그때의 내가 바랐던 언젠가의 일상에 지금 도착해 있는지, 아니면 다른 분위기를 택했는지를 가늠해볼 수 있다. 그런 의미로 한때 내가 좋아했던 실용서와 잡지를 쉽게 버리지 못한다. 혼자서의 채점 시간을 위해서, 예전의 내 선호를 잊지 않기 위해서, 어두웠기에 밝은 방을 몰래 보던 시절을 잊지는 않기 위해서.

나는 지금도 실용서와 잡지를 좋아한다. 다른 책보다도 실용서와 잡지에 다가가는 마음은 조금 다른 것 같다. 어느덧 내 세상이라는 게임의 스틱을 쥐었지만, 아직도 지내고 싶은 장면들을 우선 상상만 하면서 지낸다. 꿈꾸고 있는 장면들이 늘 지금에 맞게 새로워지기에 그에 따라 질문은 바뀌게 마련이다. 무엇보다 어떤 책은 언젠가 되고 싶기에 사는 게 아니라, 그저 책 자체로 즐기는 것만으로 만족할 수 있게 되었다. 실용서는 다음을 위해 욕심을 내게 만들고, 적당히 만족할 수 있는 마음을 알려준다.

요즘의 내가 바라는 면을 쉽게 마주하기 위해서 갖고 있는 실용서 중에 골라 표지가 보이도록 책장 위에 올려둔다. 요리 관련 실용서를 잘 보이는 곳에 진열해두면 뭔가를 근사하게 차려 먹지 않아도 비슷한 기분이 불어온다. 생활을 말하는 실용서는 사진 표지일 때 마음이 간다. 그저 내 방에 세워두기만 해도 한 장면을 선사받은 기분이 드니까. 이제는 지금을 인정하면서, 저버린 일상을 따갑게 아쉬워하지 않으면서 실용서 표지만큼의 좋은 기운을 받을 줄 아는 어른이 되었다.

> 우유를 끓일 때 눈을 떼면 바로 흘러 넘쳐요. 잘 데워질 때까지 곁에서 지켜봐야 합니다. 따뜻한 음료의 장점이라면 이런 게 아닐까요.
>
> _프티그랑퍼블리싱 엮음, 박규리 옮김 『나의 핫드링크 노트』(나비장책, 2007)

# 평소의 시

"평소에도 시를 쓰니?"

고등학교 1학년 시절, 문학 선생님에게 들은 말. 기억이란 건 기억하기 좋을 대로 다져지기 마련이라 내가 한 말이나 들은 말은 얼마든지 왜곡되기 쉽지만, 이 말만큼은 들었던 순간부터 내 안에 고스란히 남아 있다.

시 수업이었다. 학교에서 배우는 시란 얼마나 지루한가. 교과서에 실린 시에는, 시에 쓰인 글자보다 더 많은 글자들이 그 곁에 붙는다. 가끔은 내가 시를 쓴 사람이면 엉엉 울고 싶을 거야 하며, 괜히 발가벗겨진 기분을 상상했다. 이렇게까지 오래도록, 이 많은 사람들에게 하나하나 의미를 발각당한다고? 스스로 공감각적 심상을 써보기도 전에 질려버리는 때였다.

하지만 내 하루를 시로 써보라는 건 조금 달랐다. 그리거나 쓰는 일의 즐거움을 남몰래 키우며 지냈다. 초등학교에서는 억지로라도 일기를 쓰게 해서 얼마나 좋았는지 모른다. 아쉽게도 그때의 일기장은 남아 있지 않지만.

"뭐든 좋으니 한번 써봐."

문학 시간에 선생님은 A4 용지를 나눠줬다. 빈 종이를 처음 만났던 날이다. 어렵게 생각하지 말고 너희의 이야기를 시처럼 써보라고 했다. 당시의 나에게 시를 써보라는 말은, 내 생각을 시처럼 보이도록 써보라는 말처럼 들렸다. 나는 받은 종이를 두 번 접어서 투명한 선을 긋고 네 편의 시를 썼다. 어느 나이를 살아도 늘 생각이 많은 나였다. 생각이 흘러넘칠지도 모르니 이야기의 가장자리가 필요했다.

저마다 이런 걸 왜 하냐고 따지고, 서로의 시를 보며 놀려댔다. 나는 참 지루한 사람이라, 이런 순간에나마 잠깐이라도 진심을 꺼내고 싶어 했다. 스무 학급이 있는 규모가 큰 여고에, 나 같은 사람이 나만 있었을까. 그래 봤자 문학 선생님에게 나는 있는지도 모를 학생이었을 테다.

그러나 나는 문학 선생님을 꽤 자세히 관찰하며 지냈다. 문학 선생님은 '숟가락'이라는 별명으로 불렸다. "그래, 숟가락 시간이다. 책 펴라" 하며 모두가 몰래 부르던 별명을 자기가 먼저 공개하며, 반 아이들을 힘껏 웃기기도 했다. 말할 때 본인은 잘 웃지도 않으면서, 하는 말은 묘하게 웃긴 이야기꾼이었다. 모두가 지쳐 있을 때마다 기묘한 이야기, 집에 가서 생각해보면 웃긴 이야기, 상상이 잘 되는 이야기를 들려주곤 했다. 선생님이 혼자 여기저기를 다니던 때의 이야기였다.

그 시간을, 선생님의 분위기를 꽤 좋아했다. 그래서 시를 잘 쓰지는 못하더라도 잘 이용해보고 싶었다. 시의 정확한 내용은 기억나지 않지만, 그중 하나는 이제 막 태어났을 때를 상상하며 쓴 시였다. 내 얘기지만, 나는 기억하지 못하는 순간들을 떠올렸다. 뭔지 모르는 정답을 맞추는 듯해 웃겼다. 선생님은 종이 치는 순간에 시를 걷어 갔다.

그리고 다음 시간. 선생님은 모두의 시를 다시 가져와서 돌려주며 나를 불렀다. 교실 앞에 선다는 건 아주 잠깐이더라도 부끄럽다. 그 자리에서 유쾌했던 적은 하루도 없었다. 그때, 선생님이 나에게 오래 남을 말을 나지막이 건넨 것이다. "평소에도 시를 쓰니?" 하고.

평소에, 시를, 쓰다. 이 말에 마음이 쿵하고 정지했다. 칭찬인 것도 같고, 때를 잘못 만난 안부 인사 같기도 했다. 칭찬보다 큰 힘으로 다가온 건 나중이었다. 어느 날 고요한 내 방에서 나를 지키며 앉아 있던 날이면 그때 시 앞에서 들은 말이 떠오르곤 했다. 선생님의 말은 평소에 시를 써도 된다는 말로, 지나가는 말들을 잡아 세울 만큼 진득한 내 시간을 가져도 된다는 말로 들렸다.

선생님의 말을 들은 직후에는 당황스러운 감정이 가장 컸다. 무슨 말이든 해야 했다. 선생님에게 다시 돌려받은 내 시를 내려다보면서, 뭐라고 대답해야 할지 몰라 잠깐 헤맸다. 결국 부끄럽기에 진짜 마음은 숨어버렸고, 그 공백을 탱탱볼 같은 마음이 채워주었다.

"네? 시를요? 아니요?"

선생님은 "아, 그러니?" 하며, 네 편의 시 중에 이 시가 가장 좋았어, 이 부분이 궁금했어, 계속 써보는 건 어떠니 하고 말을 이어가나 싶더니 끝났다. 나는 눈을 끔뻑거리며 아무렇지 않은 척했지만 몹시 아쉬웠다. 하지만 내가 택한 나였기에 머쓱해 하면서 시를 내려다보며 자리로 돌아갔다. 몇 명의 친구가 "야, 너 시 쓰냐?" 하고 놀렸고, 나는 "뭐래" 하며 삐쭉거리듯 웃으며 앉았다.

문학 선생님에게 다시 물어보고 싶었다. 왜 좋았어요? 선생님이라면 어떤 단어에 동그라미 치고 싶나요? 이 단어가 뜻하는 건 뭐게요? 그것보다 시를 써보라는 건 혹시 시를 더 써서 선생님한테 보여줘도 된다는 말인가요? 물음표만이 떠올랐지만 보낼 줄은 모른 채 가만히 앉아만 있다가 종소리를 들었다. 나는 조용한 학생이었다. 물론 지금도 여전히 조용한 한 명의 어른이다. "아, 너도 있었니?" 따위의 말이 나를 존재하게 하는 주된 반응이었다. 그런 생활에서 내 시로 불려나간 일은 나에게 큰 사건이었다. 비록 문학 선생님이 건넨 문장만을 온전하게 마음속에 수납한 채로 끝이 났지만.

지금은 시 읽기를 좋아하는 사람이다. 시를 쓴다는 건, 나의 어딘가를 열어봐야 하는 일임과 동시에 절대 열지 않은 채로 두어야 하는 일 같은데 그게 어느 지점인지 잘 모르겠다. 글을 쓰기 시작하면서 진짜 하고 싶은 이야기를 쓰기 시작한 지도 얼마 되지 않았으니까. 하지만 시를 읽는 법에 대해서는 조금씩 가까워지고 있음을 느낀다.

이십 대에 읽던 시는 이상하게 아팠다. 이십 대에는 시와 함께 거울을 떠올렸다. 그 감상은 늘 의문형이었다. 시라는 장르는 어쩌면 모든 구절에, 모든 글자에 거울이 세워져 있는 게 아닐까. 거울이 놓여 있는 글이 곧 시로 읽힐 수 있는 것 아닐까. 테두리가 쳐진 매끄럽게 닦인 거울이 세워져 있기도 하겠지만, 거울 하나만 덜렁 놓여 있는 시가 있기도 하고, 어쩌면 산산조각이 난 유리를 겨우 세워놓은 시가 있기도 한 게 아닐까. 어떤 방향으로든 읽는 이를 비추거나, 쓴 이가 담겨 있는 물성이 놓인 글, 그런 것이 시가 아닐까. 그래서 시는 누구에게나 닿을 여지가 있는 게 아닐까. 아직 누구도 비추지 않은 유예의 시간을 시는 기다릴 수 있는 게 아닐까. 그런 것이 시가 아닐까? 예전 내 일기를 들춰보면, 시를 궁금해 하는 이런 글이 적혀 있다. 이렇듯 구구절절하게 시를 살피며 시를 읽었다. 읽고 나면 내 마음 찌꺼기만이 남아 있었다.

지금은 시를 아프게 읽으려고 하지 않는다. 마음을 들키려 들지 않는다. 나에게 다가오는 시를 기다리는 여유가 생긴 건지도 모른다. 나를 읽어내려고 시에게 함부로 다가가지 않는다. 시와 나에게는 가끔은 가까운 거리가 필요하지만 평소에는 각자의 거리가 필요하다. 책을 아프게만 읽다 보면, 나도 모르게 책을 평가하게 된다. 내 마음을 어디 한번 맞춰보라고 말이다.

요즘 나에게 다가오는 시는, 내 삶 속 '나'라는 사람을 느리게 바라보고 또 새롭게 느끼게 해주는 시다. 의외의 시에서 지난 마음을 마주하곤 한다. 어쩌면 이런 착각들이, 삶을 지나쳐온 우리를 덜 후회하게 만들지 않을까. 시를 읽으며 시에 대한 느린 발견들이 이어진다면 언젠가의 나는 평소에 시를 즐겨 읽는 사람이 되어 있지 않을까. 지금은 시에게 보내는 질문이 꽤 부드러워졌다. 평소에 시를 쓰는 사람은 되지 못하더라도 만족할 수 있다.

삶은 한 번이고 되돌릴 수 없어 아쉽다. 아쉽다고 느끼는 건, 진심을 사용할 수 있는 찰나의 순간을 허투루 사용했기 때문이다. 문학 선생님은 조용한 학생에게 작은 문장을 선사했다. 제출한 종이 한 장으로 나를 바라봐주었다. 어쩌면 당시의 나는 알고 있었을지도 모른다. 선생님의 말은 오래 내 곁에 머물며, 이따금씩 쓰고자 하는 마음 앞에 머뭇거리게 될 때마다 살며시 다가와줄 거라는 걸.

"평소에도 시를 쓰니?"

나만을 가리켜 묻는 말에 나는 뭐라고 대답했으면 좋았을까.

"평소에 시 써도 돼요?"

아무리 잘 말하려고 해봐도 떠오르는 대답은 이 정도다. 내가 기억하는 학생 임진아는 말이다.

언젠가는 시를 써보기 위해 앉아 있고 싶다. 보통 때가 아닌 날에야 비로소 깨닫게 되는 나의 평소를, 전하지 못했던 말들이 소박하게 담겨 있는 마음을, 시로 표현해보고 싶다. 하고 싶은 말은 가장 흐리게 두고, 온 마음을 쓰되 적확한 마음을 최대한 사용하지 않는 시를. 나에게서 나를 천천히 지우기 위한 수단으로 시를 짓고 싶다. 그러면 차근차근 어두워지는 어른이 되지 않을까.

내가 네 미래의 책을 사랑할게

아직 떠오르지 않은 무지개를

거기서 뛰놀고 있는 너의 흰 발을

_이근화, 「세번째여서 아름다운 것」 『내가 무엇을 쓴다 해도』(창비, 2016) 중에서

## 빈 종이를 닮은 그림

일기장을 사면 일단 일기장 어딘가에 시작한다고 쓰고 싶다. 일기를 쓰기로 작정하고 새 일기장을 펼치면 첫 장은 비워두거나 앞으로의 일기 여정을 아우를 짧은 제목 하나를 적는다. 시작에 필요한 건 시작하기로 작정했던 마음이고, 그 표시로는 말줄임표를 닮은 빈칸이 제격이다.

오히려 비어 있기에 웅장해진다. 시작의 기운은 자잘하고 시끄러운 속마음이 어느 순간 잦아들었을 때에 일어난다. 하물며 일기 하나를 신년에 맞춰 시작하지 못했다는 이유로 울적해지는 게 바로 사람 마음이다. 시작해야 할 때를 늦어버린 사람이 된 채로 무얼 시작할 수 있을까. '오늘부터 일기를 써볼까?' 하는 생각에서 나아가는 방법은, 시작한다고 표시하는 일이다. 일기를 떠올릴 때면 이미 새해에서 멀어졌거나, 한 해를 반 정도 멋대로 보낸 날 즈음 어딘가에 서 있다. 오늘부터 일기를 써도 늦지 않다고 생각하면 다이어리 한 칸이 애를 써서 자리를 비켜준다.

일기는 한 장 한 장 다 채우지 않아도 된다. 어떤 날은 한 쪽에 한 줄만 적기도 하고, 또 어떤 날은 나도 모르게 마냥 써내려가다가 다음 장까지 넘어가버린다. 이럴 때는 또 별 것 아닌 걸 별 취급을 하는 나의 기질이 발동한다. 기왕이면 다음 장으로 삐져나가지 않고 펼친 한 장에 보기 좋게 썼으면 얼마나 좋을까. 일기장 앞에 쓴 내 이름이 중앙 정렬을 맞추지 않아 일기장을 새로 사고 싶어지는 것처럼 기분이 영 나빠진다. 뒷장으로 넘어가 잘린 문장을 거듭 읽어본다. 보기 싫게 삐져나온 커스터드 크림 같은 모양새. 그냥 이게 내 마음의 모양이다.

뒷장에 삐져나온 크림만 날름 읽지 않고 첫 글자부터 다시 읽어보며 뒷장을 넘겼다. 마지막으로 눈에 들어온 건 일기가 아니라, 오른쪽에 마련된 빈 종이였다. 아무 글자도 보이지 않는, 어떤 내용을 넣지 않아도 되는 빈자리. 방금 쓴 일기를 내 기분에 담은 채로 빈 종이를 읽었다. 그럴 필요까진 없었는데 마음이 이내 차분해졌다.

책 속 한 꼭지에 마음을 기울여 읽다 보면 언제 마지막 문장을 만날지 모른다는 사실 하나가 더해져 묘한 마음이 만들어진다. 모든 글의 분량이 제각각인 책을 좋아하는 이유이기도 하다. 다음 장에서 이야기가 끝이 날 수도 있고 아닐 수도 있다. 너무 얇은 종이가 아니라면 넘기기 전까지 다음 장의 상황을 알 수 없다. 이는 계속 읽을 수 있는 떨림을 준다.

다음 장을 넘기니 한 쪽 정도 이야기가 넘어가 있다. 마지막 문장이 여기에 있다는 걸 안 순간, 읽는 속도를 줄인다. 그리고 최대한 지금까지 읽어온 이야기를 가지고 와 조용히 한 덩어리로 만들 준비를 한다. 한 줄로 정리할 수 없는 글의 잔상이 내 안에 풍경으로 그려진다. 그 순간, 바로 그 순간에 이 책도 내 일기장처럼 오른쪽 종이를 비워둘 줄 안다면 얼마나 좋을까.

오른쪽 종이에는 이미 다음 이야기가 아무 표정도 없이 나를 기다리고 있다. 쉴 시간이 없다. 새로운 꼭지의 제목이, 딱 제목만의 인상을 가진 채 서 있는 것 같다. 조금 전만 해도 글자를 따라가며 만든 풍경이 나를 가득 채우고 있었는데, 이건 또 무슨 이야기일까 하는 단순한 호기심에 조금씩 지워진다.

이미 비어 있는 일기장에 일기를 채워나가면 채우지 않을 부분을 내 멋대로 정하기란 쉽다. 두꺼운 일기장을 사면 얼마든지 쉬어가는 페이지를 내가 만들 수가 있다. 하지만 책이 된 종이는 모든 면이 다 돈이다. 글의 분량에 따라 끝나는 지점이 달라서 어떤 글은 양쪽 페이지에 알맞게 끝나기도 하고, 어떤 글은 뒷장으로 크림처럼 삐져나간다. 어쩔 수 없이 오른쪽에는 새로운 꼭지가 시작이 된다.

단 한 쪽의 여백을 주려다가 인쇄할 때 16페이지의 종이 한 대가 더 필요한 경우라면 당연히 여백을 없애는 게 맞다. 실제로 종이 계산은 책을 만드는 세상에서 굉장히 곤두서는 작업 중 하나로, 종이를 더 늘리지 않기 위해 글 분량을 줄이기도 한다. 책 또한 판매하는 제품이기에 단가와 견적이라는 숫자에 의해 움직이는 건 어쩌면 당연하다.

하지만 비어 있는 종이 또한 사실은 언어를 담고 있다. 어떤 글 뒤에는 친절하게 마련된 언어가 필요하다. 지금껏 읽어온 글과 함께 앉아 쉬는 자리가 바로 여기. 잠시 쉴 수 있는 벤치에서는 여기 앉길 잘했다는 생각을 불현듯 만나는 법이다.

그럴 수 없을 때면 한 꼭지를 다 읽자마자 서둘러 책을 덮는다. 그리고 표지를 다시 본다. 잠시 쉬었다가 같은 날 혹은 다음 날에, 제목의 인상을 보고 나를 더 부르는 것 같은 꼭지, 혹은 어제 읽은 다음 꼭지를 펼친다. 책을 읽을 때마다 표지를 거듭 보다 보면 책 표지의 표정이 달라진다. 표지 위에 책 속의 글들이 투명하고 두툼하게 포개진다. 그렇게 책은 내 책이 된다. 그 책이 어디에 어떻게 놓여 있든지, 글이 다가와 그려낸 풍경이 냄새처럼 풍겨온다. 책을 처음 만났을 때는 미처 생각하지 못했던 이야기가 표지에 몽땅 그려진다. 비어 있었으면 좋았을, 빈 종이를 가장 닮은 채로.

삽화가로서의 나는 읽은 글 다음에 마련된 빈 종이를 닮은 삽화를 그리고 싶어 한다. 글과 글 사이의 벤치 같은. '여기에서 방금 읽은 글을 탐닉하세요' 하는 작은 푯말 같은 그림. 책 한 권이 큰 공원이라면, 가끔의 벤치가 필요한 공원에 내 그림이 필요하다고 여긴다. 그림 크기는 크지 않아도 괜찮다. 그림을 보는 눈에는 이미 독자가 꾸린 풍경이 그려져 있다.

그냥 스트레칭 정도만 하려고 했는데,

전부 다 읽어버렸다.

# 책방 주인이 되어본 이틀

친구네 책방을 이틀간 지킨 적이 있다. 친구의 갑작스러운 부탁에 버릇처럼 난처한 기분이 들었지만 이상하게 들떴다. 하루 전날, 크고 작은 업무를 전달받았다. 나에게는 책방을 지키기 하루 전날이었고, 친구에게는 여행을 떠나기 전날이었다. 내일이면 평소와는 다른 하루를 만날 우리는 하루 전에 책방에서 만났다. 책과 친구를 만나기 위해 자주 방문하기도 했고, 몇 해 전에도 잠깐 책방을 맡아본 적이 있었기에 전달 사항은 간단했지만, 반드시 알아야 하는 부분이 생각보다 많았다.

책방 오픈 방법, 포스기 사용법, 책방 손님들에게 공통적으로 건네야 하는 말과 물건, 책 검색 방법, 책 픽업 손님 응대 방법, 사은품이 있는 책 목록과 그에 맞는 사은품들, 책 포장 방법, 회원 가입 방법, 간단한 청소 등. 겨우 이틀이기 때문에 책방 업무의 전부를 알 필요는 없지만, 그래도 이틀이나 책방을 지켜야 하기에 어느 정도는 알아두어야 했다. 책방을 찾는 손님이 내가 이틀만 맡은 사람이라는 걸, 그래서 이 서점에 대해 잘 모른다는 사정을 알아줄 필요는 없으니까.

책방을 운영함에 있어서 보이지 않는 업무가 많다는 걸 이틀 치의 업무를 전달해주는 친구를 보며 느꼈다. 그저 말없이 행하던 사소한 업무를 모처럼 언어로 정리할 때 비로소 일은 고개를 내민다. 친구는 그간의 하루를 입 밖으로 내뱉으면서 평소의 업무를 돌아보는 것 같았다. "또 뭐가 있더라?" 하며 말을 줄이는 친구의 옆모습을 가만히 보며 그의 평소 모습을 그려본다. 카운터 안의 세계는 고요해 보이지만 그렇지만은 않을 거라고 조심히 짐작만 해보았다. 그래도 책 읽을 시간은 많겠지? 하며 기대를 가졌다.

대충 알려줄 건 알려주었다고 말하며 친구는 조금 웃었다.

"근데, 손님 많이 안 올 거예요."

서점인의 일상이 고스란히 느껴지는 말이었다. 이제는 책방을 상시적으로 열어두지 않고, 책 처방 손님 혹은 책 모임 손님, 책 픽업 손님만 책방을 방문하게 해둔 시스템이 괜히 나온 게 아니란 걸 알고 있었다. 책이 좋아 책방을 시작했지만, 책방 안에서 여러 가지 상처를 겪어냈다는 것도.

책방에 오래 머물며 서가와 책 촬영만 잔뜩 하고 나가는 손님, 근처 식당에 대기를 걸어두고 시간을 때우러 들어와서 전화를 받고 나가는 손님, 약속도 없이 찾아와 인터뷰를 하고 서가는 쳐다보지도 않고 가는 손님, 먹을 걸 들고 와서 평대에 놓고 책을 구경하는 손님, 친구와 들어와 책과 작가 욕만 잔뜩 하고 나가는 손님, 찾는 책이 없다고 구시렁대는 손님. 책방을 하는 주변 사람들에게 쉽게 듣는 책방 에피소드들이다. 책방의 일이란, 책을 상대하는 게 아닌 사람을 상대하는 일에 가깝고 상처는 책이 아닌 사람에게 받지 않았을까.

내가 책방을 지키게 될 이틀은 '오픈 데이'로 예약 없이 누구나 방문 가능하게 열어두기로 했다. 아주 오랜만의 오픈 데이였다. 조용한 방 안에 앉아 오랜만에 책을 펼치듯, 조용한 마을에 오랜만에 책방의 문이 활짝 열렸다. 친구의 책방은 아침이 제일 예뻤다. 책방을 둘러보면서 참 좋다고 말하면 언제나 "아침이 제일 예뻐요"라고 답하던 친구의 말을 뒤늦게 온전히 이해했다. 책방 여기저기에 놓인 조명을 켜고, 노래를 틀고, 포스기를 켜고, 바닥에 조용히 내려앉은 먼지를 쓸고

닦았다. 오픈 준비를 마친 후 열어둔 문가에서 바깥을 향해 잠시 서 있어보았다. 이제부터 누군가가 책을 사러 들어올 수도 있는, 이곳은 마을 속 책 판매점.

친구가 입던 앞치마를 입고 우선 내가 손님이 되어 서가를 살펴보았다. 좋아하는 책은 앞에 꺼내놔도 된다는 말이 생각나서 팔리면 좋겠다 싶은 책 몇 권을 꺼내 눕혀두었다. 원래 꽂혀 있던 책들이 나로 인해서 누워 있는 모습이 왜 이리 좋을까. 중학생 시절, TV 채널을 돌리다가 우연히 만났던 장면이 떠올랐다. 제인 구달이 침팬지와 함께 가만히 카메라를 보며 했던 말이었다.

"여러분은 매일 세상을 바꾸고 있습니다."

중학생 시절의 나는 이 말이 아리송했지만 이상하게 뭉클했다. 그윽한 감명을 받아 개어둔 이불 위에 쪼그리고 앉아서 방금 전에 들은 문장을 몇 번이고 생각했다. 그리고 며칠 뒤, 버스를 타고 집에 가는 길에 문득 조금 걸어볼까 싶어서 한 정거장 전에 벨을 눌렀을 때, 제인 구달의 말이 몸으로 느껴졌다. 나 혼자만 버스에서 내리는 그 순간에 세상을 바꾸는 기분이 들었다. '내가 한 정거장 전에 안 내렸다면 버스가 이 정거장은 그냥 지나쳤을 텐데.' 이것 또한 세상을 바꾼 거라면 바꿨다고, 중학생의 나는 어제보다 조금 더 걸으면서 얼마나 히죽거렸는지 모른다. 이런 것도 세상을 바꾼 게 되나요? 질문을 던지면서 걸었던 길이 또렷하다.

좋아하는 책 몇 권을 보기 좋게 진열한 것뿐인데도 조금 긴장이 풀렸다. 꼭 좋아하는 책들이 나를 진정시키는 것 같다. 세상을 바꾼 건 아니지만 내가 좋아하는 기운을 책 세상에 앞세웠다. 집에서도 이런 식으로 책을 세워두지만, 누군가 만나러 오는 책장에 세워두는 건 달랐다. 밖에서 사온 커피를 홀짝이며 앉아 있는 고요한 이 시간. 책방도 카페의 오전과 비슷했다. 오전만이 대체로 히죽거릴 수 있는 시간이었다.

책방에서 마음껏 책을 읽을 수 있는 이틀이 주어졌다는 생각에 왠지 들떠서 집에 있는 책 몇 권을 가져왔지만, 책을 볼 수는 있어도 읽기란 좀처럼 쉽지 않았다. 책을 펼쳐 읽어볼까 하면 번번이 일어나야 하는 일들이 생겼다. 여유 만만한 순간은 오픈 전인 오전에만 존재했다. 이틀 동안 아는 사람, 기존의 단골손님, 오픈 데이라 일부러 찾아온 손님, 처음 온 손님, 지나가다가 궁금해서 들어온 손님 등 생각보다 많은 사람들을 대하느라 바빴고, 사람이 다녀가면 다시 책을 정리하고 여기저기 닦고 쓸었다. 예상보다 체력 소모가 컸다. 읽으려고 가져온 책은 계속 똑같은 페이지에 멈춰 있고, 앉아 있던 시간은 의외로 길지 않아 다리가 아팠다. 나 지금 피곤한가? 싶다가도 뭘 했다고 피곤하지? 하며 두 눈을 멀뚱거렸다. 머리를 긁게 되는 이상한 바쁨이었다.

카페에서 일할 때의 바쁨은 명백했다. 주문이 들어오면 그에 맞게 메뉴를 준비한다. 주문한 만큼의 금액을 계산하고, 테이블을 치우고, 다음 손님이 들어오면 다시 응대를 하고, 빠진 재료를 채우고, 손님이 오고 간만큼 쌓이는 쓰레기들을 치우고 비운다. 손님이 많으면 많을수록 치우고 비워야 하는 일도 늘어나 쉴 틈이 없다. 크고 작은 할 일이 너무나 뚜렷해서 내가 왜 힘든지 알 수밖에 없는 게 카페의 일이라면, 책방의 일은 달랐다. 바쁜 것 같기도 하고 몸을 많이 움직인 것도 같은데 정확히 왜 힘든지 따지기 어려웠다. 책방지기가 처음이라 미지한 건지, 원래 책방의 일이란 게 이런 건지 알 수 없었다.

카페 아르바이트를 할 때 몸이 힘들면 곧장 포스기를 찍어봤다. 오늘 치 판매금을 보면 대충 오늘의 리듬이 나온다. 오늘 진짜 죽을 뻔했구나? 하는 힘든 농담이 카페에서는 가능하지만 책방은 이조차 불가능했다. 들어오는 손님은 적지 않았는데, 포스기에 찍힌 판매 금액은 쉬이 올라가지 않는다. 서가의 책은 항상 채워져 있어야 하는데, 쉽게 비워지지는 않는다. 이는 입장한 손님만큼의 수익이 보장되지 않는다는 말이었다.

그렇게 정체 모를 힘든 기운에 시달리며 앉아 있다가 새로운 손님이 책방에 들어온 순간, 이상한 생각을 하고 있는 나를 발견했다.

'두 권 사시면 얼마나 좋을까…….'

빈손으로 나간 손님들을 여태 생각하고 앉아 어떻게든 입장 인원수와 판매 권 수를 맞추고 싶은 묘한 마음이 들기 시작한 것이다. 오전부터 느낀 각종 긴장감은 어쩌면 초조함에서 기인했는지도 모른다. 손님은 많지 않을 거라던 친구의 말의 의미는, 책을 사는 손님은 많지 않을 거라는 뜻이 아니었을까. 서점의 일이란 잔잔하게 애가 타는 마음을 다스리며 책방을 지키는 일이라는 것을 앞치마를 두르고 서점인의 하루를 체험하며 비로소 느꼈다.

이전부터 동네 책방 앞에서 세운 나만의 맹세 하나가 있었다. "동네 책방을 방문하면 책 한 권은 사서 나오자." 약속이 아니라 맹세. 약속은 어기면 고개가 숙여지는 정도지만, 맹세는 저버릴지언정 또 한 번 크게 외칠 수가 있다. 물론 도무지 살 책이 없다면 빈손으로 나올 수밖에 없으니 작은 여지를 두었다. 호기심에 들어가본 책방이 나와 맞지 않을 때는 어쩔 수 없다는 것. 처음부터 지킬 수 있는 맹세는 아니지만, 마음에 들어온 책방이 생기면 응원하게 된다. 응원은 보여야 한다. 열리는 문, 비어지는 서가, 표시되는 매출, 추려지는 통계, 그리고 또다시 예상되는 방문으로.

책방이란 곳은 입장만으로도 얼마든지 평가받는다. 그저

책방을 둘러보고 서가를 내려다본 뒤 나가는 것이면서 책방에 대한 한마디를 쉽게 내뱉는다. 진열된 책들을 보고 한마디 던지는 것과도 같은 마음일 거다. 책에 대한 평가를 하려면 적어도 책을 펼쳐보고 말해야 하듯이, 책방 또한 그렇다. 이곳에서 책을 구경하고, 발견하고, 구입하고, 카운터에서 책방의 사람과 마주하고, 이곳만의 방식을 느끼고, 또 다음의 가능성을 열어두며 책방을 나서고, 나의 방에서 책을 펼칠 때 책에 더해진 책방의 기운을 감지하고, 다음에 또 책을 사러 가야겠다고 다짐을 한다. 그런 책방 하나가 생기면, 책방과 나의 삶을 동시에 응원하고 싶어 다음 방문을 그려보게 된다.

아무 생각 없이 책방에 들어가는 것보다 책 한 권 사볼까? 하는 마음으로 들어가면 책방을 둘러보는 시선이 달라진다. 다짐 하나가 더해지면 행동하게 된다. 오늘뿐만 아니라 지난날을 떠올리고 모르는 다음을 위하는 마음이 덩달아 생긴다. 차근차근 여러 날들을 더하고 빼며, 어느 순간 책방이 아닌 나를 둘러보게 된다. 책방이란 그런 곳이다.

나는 나의 맹세를 조금 강조해보기로 했다. 친구의 책방에 앉아 있던 이틀의 시간이 나를 단단하게 만들었는지, "책 한 권은 살 생각으로 책방을 방문하자!"라는 맹세를 하게 됐다. 그리고 한 가지 룰을 더했다. 동네 책방에서 사고 싶은 책이 세 권이라면, 세 번째의 책은 다음 방문을 위해 놓고 오기.

이 룰은 나의 맹세에 여유를 주고, 책방에 다시 방문할 이유를 만든다. 꺼내들어 살펴본 책을 다시 서가에 꽂고서 일단 한 권, 그리고 이쪽에 또 한 권, 저 책은 일단 후보, 하면서 집에 같이 갈 책을 요리조리 궁리하며 고르는 일은 책방 안에서 느낄 수 있는 가장 뚜렷한 즐거움이다. 사고 싶은 책을 정해두고 책방을 나오는 일, 동네 책방 속 책 한 권과 다음을 약속하는 일은, 나의 독서 생활에 씩씩한 활기를 준다. 오늘 가져온 이야기를 속도 내어 읽을 수 있는 힘은 책방에 두고 온 이야기에 있다.

여행에서 돌아온 친구가 포스기를 확인하더니 눈이 커진다. 책 파는 거 정말 힘들다고 말하려는데 친구는 밝은 표정으로 놀라고 있다. 책방을 지키는 것만으로도 힘든데 이렇게 많이 팔 줄 몰랐다며 고맙다고 한다. 책방의 기쁨에 대해 생각해본다. 단순히 소개하는 책이 많이 팔리는 기쁨만은 아닐 것이다. 바쁘지만 바쁜 줄 모르는, 일이 많지만 많은지 잘 느껴지지 않는 서점인의 기쁨은, 어쩌면 지속 가능할지도 모른다고 느끼는 작은 안정감 속에서 조용히 깃들지 않을까.

이틀간 별 탈 없이 책방을 열어두고 책을 만나기 위해 방문한 사람들을 미소로 대한 것만으로도 나는 내가 할 일은 다 했는지도 모른다. 고작 이틀의 시간으로 초조함을 느끼다니,

참으로 호사스러운 마음인 것 같아 낯부끄러워졌다. 다시 카운터 앞에 선 친구와 다시 책방 손님이 된 나는, 이제 각자의 초조함을 만끽하러 우리의 평소로 돌아갔다.

책방에 앉아 책들에 둘러싸여 책을 소개하고 있는 친구를 그려볼 때면, 책을 읽고 싶어진다. 책을 파는 직업이라기보다는, 한 사람에 맞는 이야기를 전하는 직업에 가까운 친구의 일을 세밀하게 들여다본다. 책방에 도착한 책들을 부지런히 읽으며 힘차게 밑줄을 긋고, 한 사람이라도 더 오늘의 문장을 만날 수 있게 하는, 책 세상의 부지런한 다람쥐. 나도 그런 눈으로 책을 읽고 싶어서, 친구의 책방에서 사온 책을 찾아 들춰본다.

친구가 지키고 있는 책방에 들어가면 어느새 서가의 책이 바뀌어 있다. 신간의 짝꿍으로는 잊히고 있는 구간이 함께 놓여 있기도 하고, 읽고 싶었던 책 옆에 그 마음을 그새 잊어버린 책이 함께 있다. 모르는 책과 아는 책이 나를 향하고 있는 곳. 며칠 전과 다른 이야기들이 서가를 채우며 다른 바람이 분다. 비슷한 하루를 살더라도 책방을 방문하기만 하면 시간은 어떻게든 지나고 우리들의 이야기는 다르게 흐른다는 걸 느낀다. 책방 안에서 가까스로 나와 다른 이야기를 마주하며 고개를 든다.

그럼에도 불구하고 "이 책은 사적인점에서 사고 싶어요"라는 말과 함께 기꺼이 돈을 지불하고 불편을 감수하는 손님이 꾸준히 늘고 있다. 똑같은 책도 다르게 사는 재미를 알아버렸다고, 이 번거로움이 참 좋다고 말하는 손님, 사적인서점이 자신에게 바람직한 공간이 되어주었으니 나도 이 서점에서 바람직한 손님이 되겠다고 응원하는 손님. 이렇게나 든든한 손님들이 있어서 매일매일 서점을 꾸려 갈 힘을 얻는다.

_정지혜, 『사적인 서점이지만 공공연하게』(유유, 2018) 중에서

# 뒤축을 먼저 땅에 댑니다

2012년, 지금 나의 동거인과 함께 '우주만화'라는 리틀 프레스 팀을 만들었다. 그 당시 나는 비슷한 하루를 사는 회사원이었고, 그는 새로운 길을 내다보는 중이었다. 리틀 프레스란 종이 출판물 기반의 작은 책자를 만드는, 지금은 쉽게 독립출판물이라 불리는 그것이다. 사실 독립이라는 단어가 출판물 앞에 붙는 것이 아직도 낯설다. 단지 출판사와 협업하지 않고 개인이 움직이고 기획하여 제작한다는 의미만으로 독립적이라고 말하기에는 그 의미가 채워지지 않는다. 완성이라고 생각하는 선이 얼마든지 바뀌고, 그 안에서 제멋대로 자유롭기도, 또 어떤 부분에선 양껏 예민할 수 있는 판을 기꺼이 누리는 일에 가까웠다. 책을 향한 과정 안에 놓이면 책이라 불릴 수 있는 물건이 되었고, 그렇게 책이 되어 세상에 나가면 그 시장에서는 그저 옆에 놓인 다른 책과 다름없이 누군가에게 말을 걸었다.

우리는 한 해에 각자 책 한 권, 그리고 함께 만드는 책 한 권을 만드는 것을 목표로 했다. 매해 이루기 어려운 목표였지만 그만큼 자신으로부터 우러나오는 열정을 달게 느끼던 시기였다. 그해 나는 '도시 건강 도감'이라는 작은 책을 만들었다. 회사생활을 하며 내 일이 아닌 상황으로 꾸준히 스트레스를 받아왔고, 속으로는 잊는다고 해도 몸은 부지런히 반응해서인지 자연스럽게 위장염이 심해지던 시기였다. 어느 날 아침, 물 한 잔 마실 수 없는 몸이 되었을 때에야 병원에 입원했다. 그런데도 불구하고 퇴사의 꿈을 그때는 이루지 못했고, 겨우 3개월 휴직을 얻어내 그제야 나의 몸과 마음을 쳐다보게 되었다. 병실 침대에 앉아 메모장에 끄적이던 몇 가지 약속들은 그해 작은 책자가 되었고, 나는 자신을 저버리던 사람에서 몸과 마음의 건강을 이야기하는 사람이 되었다. 비슷한 마음을 가진 사람이 많았는지 책을 만든 후에 반응이 꽤 좋았다. 지금 떠올려보면 얇은 중철 책자로 완성한 책에 '도시 건강 도감'이라는 거창한 제목을 지은 건, 그 시기의 나를 온전히 쳐다보기로 작정했던 단단한 마음에서 비롯된 게 아닌가 싶다.

둘이서 함께 만든 책은 시집이었다. 시집을 만들게 된 데에는 두 명의 시인의 힘이 컸다. 언젠가 문화역서울284에서 심보선 시인과 김소연 시인이 진행한 시 창작 워크숍 '퀼티드 포임'(quilted poem)이 열렸다. 서로 비슷하게 시에 대한 관심이 부쩍 생기던 때였다. 함께하면 즐거운 일 중 하나가 시를 읽고 시집을 사는 일이었다. 신이 나서 찾아갔지만 워크숍에 조금 늦은 탓에 선착순에서 밀려나 시인 분들과 함께하지는 못했고, 뒤편의 작은 책상에서 참관하는 정도였지만 각자 들고간 책을 꺼내 성실히 임했다.

퀼티드 포임의 방식은 간단했다. 둘이서 각자 가지고 온 책 한 권을 책상에 펼친다. 기왕이면 서로 아예 다른 책이면 좋다. 각자의 책 속에서 눈에 들어오는 단어를 작은 종이에 하나씩 옮겨 적는다. 어떤 단어든 상관없고 그저 눈에 들어온 단어를 별 생각 없이 적는 게 좋다. 무엇이 될지 생각하지 않고 고르는 게 중요하다. 단어가 하나씩 적힌 종이들이 모이면 한데 섞는다. 만날 리 없던 단어들을 바라보며 문장으로 조합해 새로운 시를 짓는다. 이 방식으로 시를 지었더니 내 경험과 내 생각과 내 관심사만으로는 피어나지 못할 문장들을 만날 수 있었다. 시를 이렇게 지을 수도 있다는 걸, 어쩌면 모르는 단어에서 출발하면 오늘의 시가 만들어진다는 걸, 두 시인의 워크숍을 듣고 나서야 알게 되었다.

휴일이면 카페에서 만나 퀼티드 포임 수업에서 배운 대로 시 한 편씩을 지었다. 외출할 때 어떤 책을 가지고 나올지 비밀로 하고 카페에서 꺼내드는 순간이 즐거웠다. 집에서 미리 가져간 메모지에 각자의 책에서 건진 단어들을 옮긴 다음 테이블 위에서 만나게 했다. 양껏 모아둔 단어들을 마음껏 조합하면서 새로운 문장과 장면을 만들어냈다. 기왕이면 이상한 문장이 마음에 들었고, 만날 일이 없던 단어와 단어가 만나니 새로운 장면들이 눈에 그려졌다. 창작이 아닌 놀이에 가까웠는데, 어쩌면 무엇이 되지 않아도 되는 글은 그 자체로 놀이가 되는 일이었다.

단어로 시를 엮으며, 혼자가 아닌 타인과의 생각을 엮어보는 시간. 이 과정에서 도무지 양보할 수 없는 문장을 포기하기도 하고, 아무래도 이상한 문장을 시의 마지막에 넣기도 했다. 어떨 때는 웃기도 하고 마음이 열리지 않을 때는 대답하지 않는 과정을 함께하면서 배운 것들은 분명했다. 양보는 한 발짝 뒷걸음질을 치는 게 아니라, 모르는 방향으로 세상이 넓어지는 일이었다. 나의 주장을 굽히면서 나아가는 시는, 아랫줄로 향할수록 오히려 마음에 드는 시가 되었다.

그렇게 꾸준히 모은 시들을 가지고 우리의 첫 공동 책, 시집을 만들었다. 시집이라기보다는 시집이라 부르고 싶은 중철 제본의 작은 책이었다. 책 제목은 수록 시 중 하나이기도 한 '야간채집'으로 정했다. 개인적인 것들을 탐험하기 위해서는 하루의 메인 시간이 아닌 그 외의 고요한 시간에 움직여야 했던, 당시의 내 삶에 딱 어울리는 제목이었다.

종이를 구입해 리소 프린팅 인쇄를 맡기고, 인쇄된 종이를 받아와 집에서 재단하고 제본했다. 당연히 제작 수량은 소량이었는데, 아쉬워하거나 무리하지 않았던 탓에 금방 절판되었다. 대량으로 만들어내기 어렵다 보니 잘 팔릴 수도 없었지만, 만든 것은 금방 소진이 되었다. 더 이상 팔 책이 없는데도 가끔씩 가까이서 들려오는 반응들이 좋아 입가에 미소가 머금어지는 책이었다. 내가 지어낸 시가 아닌, 단어들끼리 붙어 만들어진 시라고 생각하니 마음의 부담 또한 적었다. 마치 단어를 품고 있던 책들이 시 뒤에 든든하게 서 있는 듯했다. 하지만 존재의 이유가 부담스럽지 않은 것에도 기한은 있는 법이었다. 더 이상 재인쇄는 하지 않기로 결정하고 웹에서 볼 수 있게만 공유한 후, 손에 잡히는 책을 만드는 일은 그만두게 되었다.

『야간채집』을 만든 후 심보선 시인과 김소연 시인에게 책을 건넬 기회가 있었다. 어렵기만 한 시에 가깝게 다가갈 수 있게 도와준 두 시인에게 책을 꼭 전하고 싶었다. 책으로 만들면서 내내 상상하던 장면이기도 했다. 그러던 어느 날, 멀리서 편지가 날아왔다. 〈한겨레〉 신문에 실린 심보선 시인의 칼럼이었다. 나에게는 답장에 가까운 글이었다. 책을 건넨 후 시간이 흘러, 멀리서 느린 시간을 지나 답장이 찾아온 것이다. 책을 받고 한참을 꼼지락꼼지락 만져보던 심보선 시인의 손이 오랜만에 떠올랐다. 일단은 말없이 미소만을 머금으며 책을 오래 바라보는 표정도 선명히 그려졌다. 어떤 말이었는지 기억은 안 나지만 힘이 되는 말을 건네받았고, 작은 책자를 바지 뒷주머니에 쏙 넣고 자리를 뜨던 뒷모습이 생각났다.

올해 봄 두 청년이 나를 찾아와 작은 책 한 권을 건넸다. 제목은 '야간채집'이었다. 첫 페이지에는 이런 말이 쓰여 있었다. "우리는 각자의 책에서 수집한 단어들을 책상 위에 늘어놓고 그것들이 제멋대로 움직이기를 기다렸습니다." 둘은 워크숍에 참여하고 난 후 시집을 만들었다고 말했다. 둘의 첫 시집이었다. 눈에 띄는 여러 시구 중 하나. "처음에는 누구나 걱정이 됩니다 / 떠나기 전에 / 뒤축을 먼저 땅에 댑니다"

떠나기 직전에는 그렇지. 가장 뒤에 있는 몸이 가장 먼저 시작하지. 그래야 미래를 최대한 늦출 수 있으니까. 그래야 현재를 최대한 즐길 수 있으니까. 나는 말 만들기 놀이를 시작한 그들이, 이제 막 땅에 닿은 그들의 뒤축이 부러웠다. 나의 뒤축은 너무 닳아버린 것이 아닐까? 나의 말 만들기 놀이는, 그 놀이의 황홀한 기쁨은, 다시 돌아올 수 있을까?

_심보선, 「시 쓰기는 '말 만들기 놀이'」(한겨레 2014년 9월 14일 자 칼럼) 중에서

무얼 하는 사람인지 똑 부러지게 말하기 어렵던 하루하루를 보내고 있던 나는, 나의 뒤축이 부럽다는 말에 마음이 동요할 듯 말 듯 했던 것 같다. 아직 무엇이 되지 않아도 되니까 당연히 절대 닳을 리 없는 나의 뒤축이 부럽다니. 뒤축이 말랑말랑한 사람은, 내가 지금 말랑말랑한지 모른다.

미래를 최대한 늦춰야 현재를 최대한 즐길 수 있다는 말에 가만히 눈을 갖다 대는, 조금 어른이 된 나. 지금 나의 뒤축을 가만히 감각해보자니, 어쩌면 내 뒤축 또한 어떻게든 닳기 시작한 것도 같았다. 이따금씩 용기 있게 작은 책을 척척 선보이던 나를 부러워하기 시작한 것도 조금은 지난 일이 되었으니 말이다. 부끄러움보다는 하고 싶은 마음을 아끼던 시절이 종종 그리워지곤 했다. 하지만 여전히 나에겐 그런 성질이 있다고 믿고 있다. 그리고 그 성질이 나의 장점에 속한다고도.

뒤축이 너무 닳아버린 게 아닐까 하는 물음표를 자신의 뒤축에게 던질 수 있는 어른이, 나도 되고 싶다. 그리고 나 또한 나를 바라보는 독자에게 근사한 답장을 건넬 줄 아는, 분명한 문을 가진 사람으로 살며 뒤축이 닳았으면 좋겠다고, 지난 칼

럼을 아직도 찾아 읽으면서 마음을 다잡는다.

시간이 하염없이 흐르고 있지만, 심보선 시인의 이 칼럼을 읽을 때면 난 언제든 시작할 수 있는 사람이 되곤 한다. '시작한 그들'에 여전히 속해 있는 것 같아서 신이 난다. 놀이의 황홀한 기쁨을 잃지 않는 다음을 꿈꿔본다. 뒤축을 먼저 땅에 대는 것부터 시작하는 것도 잊지 않기로 하고, 애써 엉뚱하게 바라보던 나의 지난 시선을 가늘게 가져가고자 한다.

> 그 어떤 지점이라도 출발점이 될 수 있고 다른 기호들과 겹쳐진 어떤 기호라도 내 기호가 될 수 있었습니다. 하지만 그런 것을 발견한다 해도 아무 소용이 없을 것입니다. 공간은 기호들로부터 독립적으로 존재할 수 없다는 게, 어쩌면 그렇게 존재한 적도 없다는 게 분명했기 때문이지요.
>
> _이탈로 칼비노, 김운찬 옮김, 『우주 만화』(열린책들, 2009) 중에서

# 내 글과 살아가기

이제 막 나온 커피를 한 모금 마신 친구가 질문을 던졌다. 앞으로 이 세상 모두가 딱 한 달만 살게 된다면? 한 달 뒤 완전히 멸망한다면? 그 한 달을 어떻게 쓰고 싶냐고. 질문을 받았지만 친구의 대답이 궁금했다. 물어본 데에는 말하고 싶은 이유가 담겨 있을 것 같아서였다. 친구는 제주도에 마음에 드는 집 하나를 구해 마지막 생을 맞이하고 싶다고 했다. 가족들 모두와 함께 제주도에서 모여 살고 싶다고 덧붙였다. 친구의 표정에는 어스름한 저녁에 자연스레 모여든 가족들의 실루엣이 비쳤다. 1층의 넓은 단층 건물에서, 아침에는 푸르게 저녁에는 붉게. 그런 마지막도 있겠구나, 끄덕이며 친구 얼굴을 바라봤다. 이제 내가 대답할 차례.

나는 하루씩 날짜를 써서 남은 생을 기록하고 싶다고 답했다. 친구는 "역시 작가네" 하며 내 얼굴을 바라봤다. 생을 마감하는 와중에도, 게다가 전 세계 인류 모두가 다 함께 사라지는 날을 기다리면서도 쓰기를 한다니. 내 대답을 나 또한 바라봤다.

어쩌면 누가 읽는 게 그다지 중요한 게 아니었던가. 생각해보면 누군가가 읽는다고 생각하면서도 모두의 얼굴은 늘 지워버렸고, 언제나 그 누군가를 뚜렷하게 특정하곤 했다. 언젠가의 나이기도 했고, 그 시기에 좋아하는 인물이기도 했다. 가령 좋아하는 작가 한 명이라든지, 좋아하는 음악가 한 명이라든지, 이 글을 처음 받아보는 편집자 단 한 명이라든지. 그렇게 분명한 한 명, 한 명이 모여 결국 여럿이 된다. 뾰족한 한 명을 바라보는 글쓰기는 의외로 나를 좋은 방향으로 움직이게 한다.

"역시 작가네"라는 말을 들은 적은 또 있었다. 글을 쓰기 시작하면서, 게다가 그 글이 책이 되기 시작하면서 나는 원래도 없던 말수가 더 줄어들었다. 친구들이나 여러 사람과 모인 자리에서 내뱉은 말들이 쉬이 와전되기도 했고, 진짜 속마음이 제대로 드러나지 않았기 때문이다. 하고 싶은 말이 있는데 좀처럼 입을 열지 못할 때면 언제나 쉽게 포기하며 마음을 접었고, 자리가 끝난 후 집에 돌아가면 언제나 나의 말과 하지 못했던 말을 곱씹느라 시간을 썼다.

"그래서 언니, 나는 그냥 책으로 말하게 되더라."

"작가네."

책으로 말한다는 건 내 삶에 중요한 역할을 했다. 말을 위한 시간이 주어졌고, 생각을 펼칠 자리가 주어졌다. 방 정리는 어려워서 손을 못 대는 일이라면, 내 이야기를 글로 정리하는 건 더 어렵지만 도전하고 싶은 어려움이었다. 하고 싶은 말을 모으고 모은다. 그 말들을 결코 잊어버리지 않고 종이나 메모장, 혹은 머릿속에 매일매일 기록하고 지내면서 이 말이 필요한 이야기를 만날 때까지 결코 잊지 않는다. 그저 메모에 지나지 않는 말이라도 시간이 훑고 지나가면 어떤 이야기에는 더없이 필요한 한 줄이 되기도 했다. 사람들과의 대화에는 입이 잘 열리지 않지만, 어쩌면 그 힘을 아꼈기에 도달하게 되는 갖가지 순간들을 만나고 있는지도 모르겠다. 별 거 아닌 이야기 또한 언젠가 하고 싶은 말에 덧붙일 수 있는 한마디로 여긴다는 건, 내 이야기로 나 혼자 수다스러워지는 일이었다.

책으로 말하기로 했다는 내 말에 언니는 "작가네"라고 짧게 답했다. 언니도 직업으로서 작가다. 내가 절대 쓰지 못할 글을 쓰는 사람이다. 언니의 말을 집에 와서야 다시 곱씹어보았다. 대화 중에 언니의 말풍선은 쳐다보지 않고 귀에만 살짝 넣은 채 내 이야기를 이어갔기 때문이었다. 곱씹어보면 볼수록 다른 의미는 없는 말이었다. 언니는 내 말에 언니의 작가적 삶을 가져와 아주 작은 등호 표시를 그려주었고, 그건 더 긴 문장으로 바꾸자면 "무슨 말인지 알 것 같아"였다.

작가란 표현하고자 하는 장치로 말을 하는 사람이다. 나는 그것으로 책을 택했고, 담는 방식으로는 에세이나 만화, 그림을 고집했다. 다행히도 세상이 나를 도와 내가 택한 대로 책 속에 말을 담을 수 있게 되었다.

책이 되는 글을 쓰기 시작하면서 내 삶에는 언제나 아직은 책이 되지 않은 글이란 게 존재한다. 서랍에서 꺼내지 않고 혼자만 보는 수첩이 생긴 것과 같았다. 책이 되는 글을 쓰기 전부터 나는 늘 글을 썼다. 글을 썼다기보다는 일어나는 생각을 문장화했다. 중얼거리게 내버려두지 않았고 부끄러워도 기록을 했다는 걸 뜻한다. 버스를 타고 이동하다가 드는 생각 하나가 나에게 필요하다 싶으면 집에 도착하기 전까지 몇 번이나 비슷하게 거듭 되뇌고, 버스 문이 열리자마자 집으로, 내 방으로 내달려서 블로그의 빈 창을 열고 버스 안에서 흘리던 생각들을 급하게 받아 적었다. 급히 쓴 일기들은 어떻게든 나를 남겼다.

지금도 그렇게 글을 쓴다. 오줌을 참아 가면서 일기를 쓰고, 날아가 버릴까 메모를 하고, 생각들을 억지로 붙잡는다. 어디서든 받아 적을 만한 생각을 메모장 앱을 켜서 알맞을 폴더에 기록해둔다. 그리고 내 자리에서 다시 그 문장을 보고 새로운 이야기를 만들기 시작한다. 그렇게 쓰는 글들은 일기로 남기도, 준비 중인 책에 들어가기도 하고, 만화로 모양이 바뀌기도 하고, 한 장의 그림이 되기도 한다.

책으로 엮을 글인 경우에는 무게가 더해져서 누군가의 시간을 빌려와야 한다. 그 시간을 채울 수 있는 글인가. 나는 이 정도의 압박을 늘 나에게 던진다. 사실은 아주 막강한 정도의 무게감이라는 걸 알고 있다. 이 세상 사람들은 아무것에나 시간을 대충 쓰면서도 책만 펼치면 시간을 소중히 여기므로. 그건 책이란 물성이 여전히 특별해서라고, 나는 최대한 좋은 마음으로 이 부담을 부담으로 여긴다.

대니 샤피로의 『계속 쓰기: 나의 단어로』를 읽기 시작하면서 서둘러 은색 색연필을 찾았다. 마침 한유주 번역가의 사인을 받은 덕에 온전한 나의 책이 되었다. 나는 사인을 받은 책에는 마음 놓고 줄을 긋는다. 대니 샤피로의 쓰는 생활을 읽을수록 이상한 위안을 받았다. 나를 깊게 보기로 한 삶에서는 당연한 이야기들은 덤덤한 응원이 되고, 나의 자리에서 분명한 마음을 갖게 한다.

"모든 책과 이야기, 그리고 에세이는 단어 하나로 시작한다." 글을 써야만 할 때 일어나는 수많은 고민들을 이해한 사람의 말이었다. 그리고 그는 같은 꼭지의 마지막 말을 이렇게 장식했다. "전진하자. 그리고 다음에 어떤 일이 벌어지는지 보자."

나는 "전진하자"라는 문장에 동그라미를 그려 테두리에 가두었다. 단어 하나를 정하고 쓰기 시작했을 때 가장 중요한 것은 나아가는 일이다. 기억과 단어가 만나 글이 되게 해야 한다. 아무리 돌아보며 써야 하는 글이더라도 앞을 향하며 써야 한다. '앞'에는 미래의 나와 아직 글을 읽지 않은 독자와 나도 모르게 도래할 시간들이 있다. 쓰기 시작하면 나도 모르는 '앞'의 것들을 만나게 되기도 한다.

나는 쓰면서 찾게 되는 내가 좋았던 건지도 모른다. 쓰면서 오늘을 겨우 살아냈던 건지도 모른다. 하지 않았던 생각, 했으면 좋았을 말, 이제야 정리되는 기억, 지난날 무지했다는 인정, 그리고 비로소 하고 싶은 말을 찾았다. 내가 나의 말을 들을 때면 내 눈은 몸 안을 바라보지 않는다. 지난 이야기를 하는 나의 온몸이 풍경처럼 다 보였다. 글을 쓰기 시작하면서 나는 나와 거리를 두게 되었고, 어떤 나와 멀어지면 이로운지를 알기 시작했다. 차마 말 못 하는 내 삶의 사고(事故)가 어쩌면 책 속의 사건이 될지도 모르는 희망을 가졌다. 자신의 이야기를 쓴다는 건 사고를 사건으로 만드는 일이었다.

나의 모든 이야기를 에피소드화 하는 것이 아직은 엄두가 나지 않지만 지금 쓸 수 있는 것들에 몰두하다 보면 사고를 당하듯 겪은 일들 또한 작은 메모가 되어 다음 이야기에 붙을 준비가 되지 않을까. 그런 희망을 가지면서도 아직 에피소드가 되지 못한 이야기들을 무감각하게 신경 쓰면서 산다. 단지 글감이 되는 날을 기다리며, 되도록 잊으며 지낸다.

용기가 필요한 일일까? 어떤 일은 글이 되겠지만, 도저히 그 무엇도 될 수 없는 일도 있다. 나의 모든 이야기를 쓸 필요는 없다. 자신의 고통을 솔직하게 나열한 글만큼, 간신히 느낀 행복을 고백하듯 써내려간 글 또한 용기 있는 글이다. 어떤 행복은 선명한 괴로움이 지난 다음에야 간신히 놓이기도 하니까. 행복을 말하고 있는 글쓴이가 어디에 서 있는지까지는 그 누구도 알 수 없다. 그래서 나는 나의 행복에 대한 감상이, 그렇게 모인 글들이 우선 소중하다. 소중해서 떠올리면 언제나 눈에 그렁그렁한 기운이 감돈다. 이 기쁨이 어떻게 자리했는지, 어떤 덩어리들 다음에 놓여 있는지를 나만은 알고 있기 때문이다.

글을 쓰면 쓸수록 처음이라는 단계를 만나는 것 또한 쓰는 이가 누릴 수 있는 행복이다. 오늘 하고 싶은 말에 맞는 단어를 골라 오늘이기에 쓸 수 있는 글은, 비로소 오늘을 만든다. 빈 문서의 깜빡이는 자리는 마주하기 싫은 생각을 기어코 막아주는 기능을 한다. 깜빡이는 문자 커서가 오늘이라면 왼쪽은 지난날이고 오른쪽은 다음이라서, 쓰는 동시에 나는 멀어지고 싶은 것과 한 글자씩 거리를 둔다. 어쩌면 불행한 일들이 글이 될 때면, 문자 커서 왼쪽의 무게가 조금씩 가벼워질지도 모른다.

시작은 그토록 삶에 중요한 단어다. 기필코 유한하기에 더욱이 끝도 없는 시작의 기분이 필요하다. 쓰고 있는 글이 어디든 존재한다면 내 삶의 맨 앞은 언제나 지금이 된다. 나를 만드는 오늘이 시작된다.

> 언어는 내가 항해하는 도구가 되었다. 이 모든 언어로 나는 심연에서 조금 멀리 벗어날 수 있었다.
>
> _대니 샤피로, 한유주 옮김, 『계속 쓰기: 나의 단어로』(마티, 2022) 중에서

## 임진아의 '잃은 문장' 도서 목록

- 가쿠타 미츠요, 오카자키 다케시, 이지수 옮김, 『아주 오래된 서점』(문학동네, 2017)
- 구한나리, 『올리브색이 없으면 민트색도 괜찮아』(돌베개, 2022)
- 금정연, 「제 세탁 인생에 대해 말씀드리자면」 『지금은 살림력을 키울 시간입니다』(휴머니스트, 2021)
- 김목인, 『직업으로서의 음악가』(열린책들, 2018)
- 김소연, 『나를 뺀 세상의 전부』(마음의숲, 2019)
- 김진영, 『아침의 피아노』(한겨레출판, 2018)
- 대니 샤피로, 한유주 옮김, 『계속 쓰기: 나의 단어로』(마티, 2022)
- 미야시타 나츠, 이지수 옮김, 『바다거북 스프를 끓이자』(마음산책, 2020)
- 쓰루타니 가오리, 현승희 옮김, 『툇마루에서 모든 게 달라졌다』 1권(북폴리오, 2021)
- 쓰지야마 요시오, 송태욱 옮김, 『서점, 시작했습니다』(한뼘책방, 2018)
- 안윤, 『방어가 제철』(자음과모음, 2022)
- 야마모토 사호, 정은서 옮김, 『오카자키에게 바친다1』(미우, 2016)
- 야마자키 나오코라, 정인영 옮김, 『햇볕이 아깝잖아요』(샘터사, 2020)
- 윤이나, 『해피 엔딩 이후에도 우리는 산다』(한겨레출판, 2022)
- 이근화, 「세번째여서 아름다운 것」 『내가 무엇을 쓴다 해도』(창비, 2016)
- 이탈로 칼비노, 김운찬 옮김, 『우주 만화』(열린책들, 2009)
- 정지혜, 『사적인 서점이지만 공공연하게』(유유, 2018)
- 줌파 라히리, 이승수 옮김, 『책이 입은 옷』(마음산책, 2017)

읽는 생활

**초판 1쇄 인쇄** 2022년 10월 12일 **초판 1쇄 발행** 2022년 10월 26일

**지은이** 임진아
**펴낸이** 이승현

**출판1 본부장** 한수미
**컬처 팀장** 박혜미
**편집** 박혜미
**디자인** 김준영

**펴낸곳** ㈜위즈덤하우스 **출판등록** 2000년 5월 23일 제13-1071호
**주소** 서울특별시 마포구 양화로 19 합정오피스빌딩 17층
**전화** 02) 2179-5600 **홈페이지** www.wisdomhouse.co.kr



ISBN 979-11-6812-491-2 (03810)